GR

ABE...............

ZAUBERWALD-GESCHICHTEN

VON

PETRA REICHERT

Mitten im Wald steht ein sehr altes Schloss.
Dort wohnt Grüze. Das kleine Schlossgespenst
erlebt mit seinen Freunden viele Abenteuer
im Zauberwald. Da gibt es Drago, den kleinen
Drachen, die Maus Lisa und den Wichtel Rudi.
Zu ihren Freunden gehören auch die kleine
Hexe Frieda, die Eule Xantor und die Elfen.
Ach, natürlich sind Jutta und Tim, die Kinder
vom Waldhaus, auch mit dabei.
(Lesealter 7 bis 9 Jahre)

FSC
www.fsc.org
MIX
Papier aus ver-
antwortungsvollen
Quellen
Paper from
responsible sources
FSC® C105338

Bibliografische Information der Deutschen Nationalbibliothek:
Die Deutsche Nationalbibliothek verzeichnet diese Publikation
in der Deutschen Nationalbibliografie; detaillierte
bibliografische Daten sind im Internet über http://dnb.dnb.de
abrufbar.

Herstellung und Verlag: BoD – Books on Demand, Norderstedt

ISBN: 978-3-7526-6144-6

GRÜZES ABENTEUER

ZAUBERWALD-GESCHICHTEN

VON

PETRA REICHERT

ILLUSTRIERT VOM AUTOR

weitere Bücher des Autors:

RÜBES ABENTEUER
Seefahrer-Geschichten

DRAGOS ABENTEUER
Drachental-Geschichten

Die Freunde vom Zauberwald

Xantor

Rudi

Grüze

Drago

Tim

Jutta

Lisa

Frieda

Elfen

Inhaltsangabe – Seite 1 –

Inhaltsangabe – Seite 2 –

Kapitel 1: Grüze und seine Freunde

Mitten im Wald steht ein altes
Schloss. Es liegt ganz versteckt
zwischen den Bäumen.
  In dem Schloss wohnt ein
kleines, freundliches Gespenst
namens Grüze.

  Tagsüber schläft es meistens. Aber heute ist
Grüze schon wach. „Ich bin putzmunter", denkt
das kleine Gespenst. Es dehnt und reckt sich.
Dann kratzt Grüze sich am Kopf und gähnt
einmal laut:
  „Uaah." Grüze seufzt: „Was mache ich jetzt?"
Das kleine Gespenst schlüpft aus dem Zimmer
hinaus auf den Flur.

  Dort flattert ihm Henry entgegen. Die kleine
Fledermaus ist Grüzes Haustier. „Ha, ha, fang
mich", ruft das kleine Gespenst. Es schwebt hin
und her. Aber Henry ist schneller.

  Die beiden fliegen über die Treppe hinunter
ins Erdgeschoss. Im alten Rittersaal setzt sich
Grüze an den langen Tisch. Überall gibt es Staub
und Spinnweben, Gespenster putzen nicht. Die
kleine Fledermaus hockt sich auf den Tisch.

Henry futtert ein paar alte, vertrocknete Insekten und schmatzt dabei. „Igitt, brrr", ruft Grüze. Das kleine Gespenst schaut aus dem Fenster. Es blickt über den Schlosshof. Ein Stück von der Zugbrücke und dem Wassergraben kann Grüze auch erkennen.

Dahinter liegt der Wald, verlockend und geheimnisvoll. Unendlich weit ist das grüne Blätterdach, fast bis zum Horizont.
Da hat Grüze eine Idee. Er schaut auf die Fledermaus und sagt zu ihr:
„Henry, ich mache heute einen Ausflug, aber du bleibst hier." Das gefällt Henry sowieso. Er flattert zum Kronleuchter über dem Tisch und

krallt sich mit den Füßen daran fest. Die Fledermaus hängt mit dem Kopf nach unten und schläft ein.

Grüze denkt noch einen Augenblick nach, dann schwebt er aus dem Fenster nach draußen. Die Sonne steht schon tief und senkt sich über den Wald. Die Vögel singen ihr Abendlied. Ein paar Bienen summen noch an den Waldblumen.

„Herrlich, so zu fliegen", ruft Grüze. „Warum sind Gespenster eigentlich nicht immer tagsüber wach?"

Das kleine Gespenst fliegt über den Baumwipfeln. Dann schlägt es Purzelbäume in der Luft und wirbelt herum, nur so zum Spaß. Grüze segelt mit dem Wind, so wie ein Vogel.

Langsam bricht die Dämmerung herein.

„Oh je, wo bin ich eigentlich?", denkt das kleine Gespenst. „Der Wald ist bald zu Ende. Ob ich nach Hause zurückfinde?", Grüze schwebt zwischen den Bäumen hin und her. In welche Richtung soll er fliegen?

Er setzt sich am Waldrand ins Gras und ruht sich aus. Auf einmal muss Grüze schluchzen:
„Ach, wäre ich nur nicht so weit geflogen."

In der Nähe steht ein kleines Haus.
Zwei Kinder schauen über den Gartenzaun.
„Warum schluchzt du so?", fragt das Mädchen. Grüze seufzt: „Ich habe mich verflogen und finde nicht zurück."
Die Kinder klettern über den Zaun. Der Junge hockt sich zu Grüze auf den Boden:
„Wie seltsam du bist, ganz weiß und weich." Er zeigt auf seine Schwester und sagt: „Das ist Jutta und ich bin Tim. Wie heißt du?"
Das kleine Gespenst lächelt und antwortet:
„Mein Name ist Grüze."
„Von wo bist du hergekommen?", will Tim wissen. Grüze hebt den Arm und deutet mit den Fingern in den Wald: „Von dort hinten", sagt er ratlos.
Tim überlegt: „Der Fall ist klar, wir müssen dein Zuhause finden."
„Es wird bald dunkel, und wir sollen ins Haus zum Abendessen", meint Jutta.
„Wir können ihn nicht hierlassen", ruft Tim empört. Dann holt er seine Taschenlampe.
Tim denkt nach: „Grüze wohnt sicher in der Nähe. Wir gehen nur ein Stück in den Wald."
Grüze nickt: „Danke, dass ihr mir helft", murmelt er.

Dann steht er auf und schwebt hinter den Kindern her.

Im Wald ist es schon sehr dunkel. Im Lichtschein der Taschenlampe suchen sie sich einen Weg zwischen Büschen und Farnkraut. „Pst!", flüstert Jutta. „Ich höre jemand husten." Die drei stehen ganz still. Tim leuchtet mutig mit der Lampe nach vorne.

Da sehen sie eine kleine Maus. Sie trägt einen Schal um den Hals und einen kleinen Strohhut auf dem Kopf. „Was wollt ihr hier?", fragt die Maus. Die Kinder staunen, weil die Maus sprechen kann.

„Wir helfen dem Kleinen hier", erklärt Jutta und zeigt auf Grüze. Die Maus betrachtet ihn interessiert. Grüze macht ein mürrisches Gesicht.

„Ich hab mich verirrt und finde nicht zurück."

Die Maus meint: „Das ist doch nicht peinlich. Mir ist das auch schon passiert." Sie hustet und niest wieder.

Jutta zieht ein Taschentuch heraus und reicht es der Maus. „Danke", murmelt sie und putzt sich die Nase.

Die Maus überlegt: „Du bist sicherlich aus dem hinteren Teil des Waldes. Es ist der Zauberwald. Ich heiße übrigens Lisa."

Tim ist aufgeregt, das klingt nach einem Abenteuer: „Kannst du uns hinführen?", fragt er. Die Maus schaut auf den kleinen Grüze und meint: „Na gut, kommt mit." Sie gehen weiter, immer tiefer in den Wald. Hoch über den Bäumen sieht man schon Sterne am Himmel blitzen. Auch der alte Mond leuchtet hinter einer Wolke hervor.

Auf einmal erscheint der Wald in einem silbrigen glänzenden Licht. „Hier fängt der Zauberwald an", erklärt Lisa, die Maus.
Der Zauberwald ist seltsam. Von überall sind Geräusche zu hören. Ein Baum kann sprechen: „Wohin des Weges? Woher kommt ihr?", ruft er. Der Wind rauscht in seinen Blättern. An einem Ast hängen drei Fledermäuse. Die Kinder schauen sich zaghaft um.
Grüze meint: „Irgendwie kommt mir die Gegend bekannt vor."

Die Kinder, Grüze und die Maus gehen immer weiter auf dem geheimnisvollen Pfad. Am Wegrand fliegen ein paar winzige Elfen mit. Zum Glück hat Tim seine Taschenlampe und kann leuchten. Hinter einem Baum schaut ein kleiner grüner Drache hervor. Der Weg wird etwas steinig und felsiger.

„Jetzt müssen wir sehr leise sein", flüstert Lisa. „Wir kommen an der Drachenhöhle vorbei." Und tatsächlich, am Felsen, vor der Höhle, liegt ein großer, dicker Drache. Den Kindern schlottern die Knie. Zum Glück schläft der Drache. Aus seinen Nasenlöchern steigt Dampf empor und bildet am Himmel kleine weiße Wolken.

Das kleine grüne Drachenkind ist ihnen gefolgt und sitzt nun zusammen mit ein paar Hasen im Sand. Sie spielen mit Nüssen, so als ob es Murmeln wären.

Da bemerkt die Maus, dass Grüze fehlt. Er ist direkt zu dem kleinen Drachen vor die Höhle geflogen, weil er mit ihm spielen will. Oh je, was nun? Die Maus tapst lautlos zu ihnen hinüber und flüstert: „Grüze, komm mit." Auf einmal macht der große Drache ein Auge auf und gähnt.

Schnell sausen die Maus und Grüze zurück zu den Kindern. Alle schleichen nun besonders leise und vorsichtig an der Drachenhöhle vorbei. Endlich haben sie es geschafft.

Uff, jetzt brauchen sie eine kurze Pause.
Lisa bleibt im hohen Farnkraut stehen und denkt nach: „Wir müssen Xantor fragen, wo der Kleine hingehört."

Im Schein der Taschenlampe laufen sie weiter, über einen schmalen Pfad. Der führt sie zu einem hohen Baum.

Oben auf einem dicken Ast sitzt eine alte Eule. Es ist Xantor, das älteste Tier im Wald. Er kennt jeden, der hier lebt. Mit seinen gelben Augen schaut er vom Baum auf die Kinder hinab und fragt: „Warum seid ihr gekommen?"

Die Maus ruft: „Wir suchen nach dem Zuhause von dem Kleinen hier. Er hat sich verirrt."

Die Eule betrachtet Grüze und denkt nach:
„Du bist so weiß und wabbelig. Du siehst nicht aus wie ein Tier und bist auch kein Mensch."

Grüze seufzt: „Ich lebe in einem alten, verfallenen Gemäuer. Es gibt auch zwei fast kaputte Türme."

Xantor nickt mit seinem Eulenkopf: „Es wird das alte Schloss hinten im Wald sein, ein langer Weg bis dahin." Grüzes Augen leuchten. Ein Schloss, das klingt nach seinem Zuhause, dem alten, düsteren Gemäuer.

Xantor spricht mit der Maus: „Du bringst die drei zum großen Stein. Der Wichtel wird euch helfen."

„Geht in Ordnung", antwortet Lisa. Sie verabschieden sich von Xantor.

Dann läuft die Maus mit den Kindern und Grüze auf einem schmalen Weg zum großen Stein.

Am Felsen hängt unter Efeupflanzen versteckt ein Strick mit einer Glocke. Die Maus zieht daran und läutet. Da wird eine vorher unsichtbare Tür geöffnet und ein kleiner Wichtel erscheint. Er trägt eine rote Mütze und hat einen weißen Bart.

„Du bringst mir so spät noch Gäste?", fragt der Wichtel. Vor Aufregung bekommt er ganz rote Wangen.

„Rudi, wir brauchen deine Hilfe", antwortet die Maus: „Wir müssen Grüze nach Hause bringen." Die Maus zeigt mit der Pfote auf die weiße Gestalt neben sich.

„Kommt doch herein", bittet Rudi, der Wichtel. Seine Besucher treten ein. Die Wohnung des Wichtels ist sehr gemütlich.

Auf dem Sofa sitzt eine kleine, runzelige Frau in einem bunten Kleid. „Das ist Frieda, eine Freundin von mir", stellt der Wichtel sie vor.

Die kleine Hexe ruft: „Kommen Gäste in der Nacht, mir das stets eine Freude macht. Seid willkommen, setzt euch her."

Die Kinder und Grüze setzen sich auf kleine Holzstühle. Auf dem Tisch steht eine Kanne mit Kräutertee und die Kinder dürfen Honigbrote essen.

„Sicher habt ihr Hunger", meint der Wichtel. Auch Grüze fühlt sich wohl und seufzt zufrieden: „Das Beste ist, ich habe neue Freunde gefunden." Rudi schenkt der Maus eine große Tasse Tee ein: „Das Getränk ist auch gut gegen Husten."

„Danke", freut sich Lisa: „Den Tee kann ich jetzt gut gebrauchen." Im Wohnraum gibt es einen Kamin, in dem ein warmes Feuer brennt. Alle sitzen schon eine ganze Weile vergnügt in der kleinen Stube. Da steht der Wichtel auf und holt aus einer Truhe einen eingerollten Teppich.

Rudi erklärt: „Dies hier ist ein Flugteppich, mit dem bringe ich euch nach Hause." Alle gehen nach draußen. Der Wichtel rollt den Teppich im Gras aus und meint: „So, setzt euch auf den Teppich, dann kann es losgehen."

Tim, Jutta und Grüze sind verwundert. Einen fliegenden Teppich haben sie noch nie gesehen. Sie setzen sich zum Wichtel und warten gespannt, was passiert.

Da hebt der Teppich ab, steigt höher und fliegt mit ihnen los. Frieda, die kleine Hexe und Lisa, die Maus winken zum Abschied.

Sie werden immer kleiner. Bald kann man sie nicht mehr sehen.

Der Teppich fliegt oben am Himmel. Die Kinder sitzen gespannt nebeneinander. Das ganze finden sie wundersam und doch etwas unheimlich. Aber weil Grüze so glücklich und zufrieden ist, lassen sich die Kinder nichts anmerken.

Die Baumwipfel werden weniger, unter sich sehen sie jetzt das große, alte Schloss mit den zwei Türmen und dem Wassergraben. Das kleine Gespenst ist aufgeregt. „Schaut einmal, das alte Gemäuer dort unten, da wohne ich", ruft es.
Der Wichtel meint: „Wir fliegen noch weiter. Zuerst bringen wir die Menschenkinder nach Hause."
Die Rückreise dauert lange. Jutta und Tim sind sehr müde. Sie kuscheln sich aneinander und schlafen ein.

Endlich erreichen sie das Haus, in dem sie wohnen. Die Eltern von Jutta und Tim sitzen in der Küche. Sie machen sich Sorgen, weil ihre Kinder verschwunden sind. Da passieren auf einmal komische Dinge.

Der Wind pfeift ums Haus. An der Tür klopft es und eine Stimme ruft: „Hallo, Hallöööchen!"
Die Mutter flüstert: „Das ist ja gespenstisch." Der Vater öffnet die Tür. Jutta und Tim stehen draußen. Die Eltern sind sehr glücklich.

Sie nehmen ihre Kinder in die Arme.

Doch da steht noch jemand. Ein Wichtel mit roter Zipfelmütze und ein kleines Gespenst schauen sie mit freundlichen Augen an.

„Wir bringen ihnen die Kinder", ruft der Wichtel und das kleine Gespenst sagt brav:

„Hallo, ich heiße Grüze. Ich bin der neue Freund von Jutta und Tim." Die Eltern sind zutiefst erstaunt.

„So, jetzt müssen wir aber zurück." Mit diesen Worten rollt der Wichtel den Teppich aus. Die zwei setzen sich darauf und fliegen los. Die Eltern von Jutta und Tim reiben sich verwundert die Augen.

Oben am Himmel scheint der Mond und da fliegt ein Wichtel mit einem kleinen Gespenst auf einem Teppich. Sie winken zu ihnen hinunter und werden in der Ferne immer kleiner, bis sie über den Baumwipfeln des Waldes entschwinden.

Kapitel 2: Geburtstag im Schloss

Heute hat Grüze Geburtstag. Das kleine Schlossgespenst wird hundertsieben Jahre alt. Für ein Gespenst ist das ein sehr junges Alter. Grüze wohnt in dem alten Schloss im Zauberwald.

Er lädt zu seiner Geburtstagsparty seine Freunde ein. Gerade fliegt Grüze im alten Rittersaal hin und her. Er  deckt den langen, alten Holztisch für die Gäste. Henry, die Fledermaus, hockt auf dem Tisch.

„Henry, habe ich wirklich an alles gedacht?", fragt Grüze aufgeregt. Henry betrachtet den Tisch. Darauf stehen alte Holzschalen und Tonkrüge. Allerdings ist alles mit einer dicken Staubschicht und Spinnweben bedeckt, denn Gespenster putzen nicht. Im Kronleuchter über dem Tisch stecken neue Kerzen, damit es den Gästen nicht zu dunkel ist.

Da kommt der Wichtel Rudi mit seinem fliegenden Teppich herein. „Ich hole deine Gäste mit diesem Flugteppich ab", sagt er. „Der Weg durch den Zauberwald ist sonst zu weit für sie."

Grüze freut sich: „Danke Rudi, während du meine Freunde holst, denke ich mir ein Partyspiel aus."

„Prima, so machen wir es", ruft der Wichtel. Dann öffnet er die Tür und schwebt mit dem Teppich nach draußen.

Der Wichtel hat sich genau gemerkt, welche Gäste er abholen soll. Zuerst fliegt er zum Waldrand, in dem kleinen Haus wohnen die Kinder Jutta und Tim. Der Wichtel klopft an der Haustür und ruft mit lauter Stimme:

„Hallo, hallöchen. Ich bin da, um die Gäste abzuholen." Da wird die Tür von der Mutter geöffnet. Sie begrüßt den Wichtel:

„Schön, dass du die Kinder abholst. Na dann viel Spaß, kommt nicht zu spät nach Hause." Jutta und Tim jubeln, sie setzen sich auf den Teppich. So, jetzt geht der Flug kreuz und quer durch den Wald.

Der Teppich hält an der Wohnhöhle von Lisa, der Maus. Sie hüpft hinauf zu den Kindern und schon geht der Flug weiter. Fünf Elfen steigen an der Wiese zu, dann noch Drago, der kleine Drache, vor seiner Höhle. Jetzt ist der Teppich ziemlich voll mit Gästen.

Xantor, die Eule, fliegt neben ihnen und da kommt auch noch die kleine Hexe Frieda auf ihrem Besen.

Der Flug geht noch einige Zeit über den Wald. Dann ist das Schloss zu sehen. Es ist ein großes, altes Gemäuer, schon halb verfallen, mit zwei Türmen an den Seiten. Es gibt eine Zugbrücke, die über den Wassergraben führt.

Der Wichtel fliegt mit dem Teppich und den Gästen direkt in den Schlosshof. Er hält vor dem Haupttor. Das Tor geht auf und Grüze schwebt heraus.

„Alles Gute zum Geburtstag", rufen die Gäste zur Begrüßung, und das kleine Gespenst ist sehr glücklich.

Grüze nimmt die vielen Glückwünsche entgegen. Dann bittet er die Freunde in das Schloss hinein und macht das Tor zu.

Drinnen, im alten Rittersaal, packt Grüze seine Geschenke aus. Von allen hat er eine Kleinigkeit bekommen. Drago schenkt ihm ein paar grüne Drachenschuppen. Lisa, die Maus, überreicht Grüze drei Wunschnüsse für besondere Gelegenheiten.

Der Wichtel hat ein großartiges Geschenk. Er schenkt Grüze den alten Flugteppich. Grüze freut sich riesig: „Du schenkst mir den Flugteppich, vielen Dank dafür."

Von Xantor, der Eule, erhält Grüze drei große, alte Federn. Und von Frieda, der kleinen Hexe, bekommt er einen Gutschein, für einen Flug auf dem Besen. Die Elfen haben Blütenpollen mitgebracht.

Was schenken Jutta und Tim? Die Kinder haben ein Buch mitgebracht. Sie wollen Grüze das ABC und das Lesen beibringen. Da freut er sich sehr.

Grüze ruft die Gäste: „Bitte kommt doch alle hierher und setzt euch an den Tisch. Es gibt etwas zu essen."

Die Gäste setzen sich und staunen, das sieht lecker aus. Vor ihnen, auf dem Tisch, liegt ein riesiger Haufen bauschige Knusperwatte. Sie ist nach Geheimrezept gekocht. Zu trinken gibt es Kräuterlimo. Tim und Drago futtern direkt drauf los. Auch die anderen sind von dem Essen begeistert.

Nach der Mahlzeit ruft Grüze:

„So, nun könnt ihr euch vergnügen. Jeder darf im Schloss einfach machen, was er möchte." Diese Idee gefällt den Gästen, da können sie alles erkunden. Ein Schloss ist schließlich interessant und spannend.

Die fünf kleinen Elfen fliegen lachend nach oben auf den Kronleuchter. Sie schaukeln hin und her, wie auf einem Karussell.

Grüze und Drago flitzen zu der breiten Treppe hinüber. Sie rutschen lachend das Geländer hinunter und haben ihren Spaß.

Frieda, die kleine Hexe, schaut sich im Raum um. Sie findet ein altes Musikinstrument, es ist eine Harfe. Vorsichtig zupft Frieda mit den Fingern an den Saiten. Sie spielt nun eine schöne, alte Melodie.

Xantor fliegt auf die Harfe und singt dazu Lieder aus einer vergangenen Zeit.
Der Wichtel Rudi und Tim probieren vorsichtig zwei Degen aus. Das sind dünne Schwerter. Nur zum Spaß machen die beiden einen leichten Kampf mit den Degen.

Grüze ruft nach einer Weile:

„Lasst uns Verstecken spielen, das ist lustig." Alle sind dafür. Drago hält sich die Augen zu und zählt langsam bis zwölf. Jeder sucht sich schnell ein Versteck.

„Fertig gezählt, ich komme", ruft Drago. Der kleine grüne Drache dreht sich um, niemand ist zu sehen. „Die finde ich schon", denkt er und stapft los.

Er sieht sich überall um und kratzt sich nachdenklich am Kopf. Jetzt kommt er an den langen Tisch und betrachtet ihn. Nanu, was ist das? Die weiße Kristallflasche hat Augen. Und aus dem restlichen Berg Knusperwatte schauen auch mehrere Augen heraus.

„Ich hab euch", ruft Drago. Ha, richtig, Grüze hat sich in eine weiße Flasche verwandelt.

Und tatsächlich, aus der Knusperwatte krabbeln die fünf kleinen Elfen. Leider sind sie jetzt ganz klebrig. Daran haben sie nicht gedacht.

Drago sucht weiter und bleibt neben einer Ritterrüstung stehen. „Hu, hu, huu", klingt es aus dem Inneren. Drago ist entsetzt, ihm zittern die Knie. Dann lacht er, oben aus dem Helm schauen ein paar Federn und die gelben Augen von Xantor, der Eule, heraus. Die Suche geht weiter durch den Saal. Drago schaut gründlich nach, jede Kleinigkeit fällt ihm auf. Aus einem leeren Weinfass guckt eine rote Mütze hervor. Drago grinst und zieht daran. Er hat richtig geraten, es ist der Wichtel.

Dann hört Drago aus einem Schrank heftiges Niesen: „Hatschi, Haptzi, Tschi", macht es.

Drago öffnet die knarrenden Schranktüren, eine dicke Wolke Staub kommt ihm entgegen. „Ich hab euch gefunden", grinst Drago triumphierend. Aus dem Schrank klettern Tim, Jutta und die Maus, alle mit einer dicken Staubschicht bedeckt.

Drago sucht weiter, aber das kann dauern. Frieda, die kleine Hexe, hat sich nämlich in ein Wandbild gezaubert und schaut von dort oben auf die Freunde hinunter.

Während Drago noch sucht, hat die Maus etwas im Schrank gefunden. Es ist eine alte Karte mit Zeichnungen. Jutta und Tim schauen sich die Karte an. „Das ist bestimmt eine Schatzkarte", meint Tim. Es sind Pfeile und Wegweiser auf dem Papier abgebildet."

„Der Weg führt zum rechten Schlossturm hinauf." Jutta ist ganz aufgeregt. „Los, kommt mit", flüstert Tim seiner Schwester und der Maus zu. Die drei schleichen davon, die übrigen Gäste haben nichts gemerkt.

Tim hat seine Taschenlampe dabei. Sie schauen auf die Karte. „Es geht rechts durch die Tür und dann die Treppe hinauf", meint die Maus. Es ist spannend, als sie die Treppe zum Turm hinaufsteigen. Überall sind Spinnweben und Staub. Die Maus muss dauernd niesen. Immer höher hinauf geht es, unendlich viele Stufen. Ganz oben ist eine Tür. Endlich haben sie das Turmzimmer erreicht.

Tim öffnet die knarrende Tür. Der kleine Raum ist fast leer, nur hinten an der Wand steht eine Holztruhe. Die Kinder und die Maus tappen vorsichtig bis zur Truhe. Sie ist nicht abgeschlossen. Tim und Jutta heben den schweren Deckel hoch.

In der Truhe liegt ein kleiner Stoffsack. Die Kinder heben ihn heraus und schütten den Inhalt auf den Boden. Es sind viele kleine, glänzende Münzen darin.

Außerdem liegt ein Zettel dabei. Die Maus nimmt ihn und liest vor: „Liebe Schatzsucher, ihr seid großartig und mutig. Dieser Schatz gehört uns allen, jeder bekommt eine Münze. Es ist mein Geschenk an euch. Bringt den Sack mit den Münzen bitte mit. Grüße, Grüze"

Tim schaut sich den Zettel an, die Handschrift kennt er. Rudi, der Wichtel, hat es für Grüze im

Auftrag geschrieben. Die Kinder und die Maus müssen lachen. Grüze hat die Schatzkarte gemalt und die Münzen mit dem Zettel hier versteckt. Sie nehmen den Sack mit und klettern vom Turm über die Treppe wieder hinunter in den Rittersaal.

Die anderen Gäste haben sie schon vermisst und machen große Augen, als die drei mit dem Sack Münzen wieder da sind.

Grüze greift in den Sack und gibt jedem Gast eine Münze als Geschenk.

Er sagt: „Ich freue mich sehr, dass ihr heute bei mir gefeiert habt und dies ist für euch."

Die Gäste bedanken sich. Da ruft der Wichtel fröhlich: „So, es wird langsam Zeit, ich habe den Teppich draußen für eure Heimreise."

Die Freunde verabschieden sich von Grüze.
Dann setzen sie sich zu Rudi auf den Teppich.

Frieda mit ihrem Besen und Xantor fliegen selbst.

Der Teppich schwebt mit den Gästen eine Runde über dem Schloss, Grüze winkt. Die Heimreise kann beginnen.

Kapitel 3: Ausflug mit Drago

Die Freunde sind heute bei Drago in der Drachenhöhle im Zauberwald. Dragos Mutter schläft vor der Höhle in der Mittagssonne.

Grüze, das kleine Gespenst, Tim und Jutta sitzen auf einem Haufen Stroh. Sie essen Äpfel. Drago hat mittags immer viel Hunger. Er futtert große Mengen an Klee, Hafer und Riesenwuchs-Löwenzahn. Der kleine Drache und seine Mutter sind beide Vegetarier. Das bedeutet, sie essen nur Pflanzen.

Jutta schaut sich in der Wohnhöhle um, da entdeckt sie einen schmalen Gang. „Wo führt der Weg hin, wenn man durch das Loch kriecht?", fragt Jutta. Drago lächelt geheimnisvoll: „Ich weiß es, weil ich viel kleiner und schmaler bin als meine Mutter. Sie passt nämlich nicht durch das Loch, ich schon."

Da ist Grüze schon neugierig zu der Öffnung an der Wand geflogen und schaut hindurch. Auf der anderen Seite ist es dunkel. Jetzt ist auch Tim aufgestanden und schaut hindurch.

„Wenn ihr wollt, können wir eine Entdeckungstour machen. Ich kenne den Felsenweg auch im Dunkeln", verspricht Drago. Er zwängt seinen kleinen dicken grünen Körper durch die Öffnung und geht voran.

Tim folgt ihm nach, er hat seine Taschenlampe

dabei. Dann kriecht Jutta durch das Loch und zum Schluss schwebt Grüze hindurch.

Es ist wirklich dunkel, Tim leuchtet. Im Schein der Taschenlampe sehen sie vor sich einen schmalen Gang, der durch den Felsen führt. Vorsichtig bewegt sich die kleine Gruppe vorwärts. Drago kennt den Weg. Es geht manchmal hinauf, dann klettern sie wieder tiefer.

„Vorsicht, ihr müsst euch hier bücken, sonst stoßt ihr eure Köpfe an", erklärt Drago. Auf einmal stehen sie in einer breiten, kleinen Höhle. Es ist eine Grotte, an der Felswand funkeln Kristallsteine. Aus einem Erdloch sprudelt eine Quelle. Das Wasser fließt den Gang hinunter.

„Hier können wir längs gehen, aber wir müssen durch das Wasser laufen." Drago geht wieder voran. Sie folgen dem Weg und dem Wasserlauf. Da wird es heller, es ist Tageslicht. Im Felsen ist eine Öffnung, der Weg ist zu Ende.

Das Wasser fällt durch die Öffnung nach unten. „Ein kleiner Wasserfall, wie schön", ruft Jutta.

Dort, wo das Wasser hinunterfällt, hat sich unten ein kleiner See gebildet. „Super, ein Badesee", rufen Grüze und Tim begeistert.

„Ich weiß auch, wie wir hinunterkommen", ruft Drago. Er stellt sich an den Wasserfall und

hopst hinunter. Unten im See gibt es einen
Platsch, Drago winkt.

Jutta und Tim lachen. Die Kinder hopsen
hinter ihm her ins Wasser. Platsch, platsch,
macht es. Sie landen neben Drago.

Und Grüze schwebt hinunter. Er landet ganz
leicht auf der Wasserfläche.

Das ist ein Spaß, in dem klaren Bergsee zu schwimmen und zu planschen.

Auf einmal schauen noch mehr Köpfe aus dem Wasser, mit dunklen Augen und Fell bedeckt. Es sind Seeotter, die hier leben. Die sind aber lustig, sie schwimmen schnell und können sehr gut tauchen.

Grüze verwandelt sich in einen runden weißen Ball. Die Otter stupsen ihn mit ihren Nasen hin und her und alle lachen. Dann schwimmen die Otter fort und die Freunde klettern an das Ufer.

Jetzt sind natürlich ihre Kleider nass, sie setzen sich in die Mittagssonne und sind bald wieder trocken.

Da hören sie laute, dunkle Geräusche. Der Boden zittert. Bum, bum, bum macht es. Drago wechselt plötzlich seine Farbe von grün auf weiß. „Was ist das für ein Geräusch?", fragt Tim. „Drago, warum bist du so blass?"

„Ach, äh, ooh", stottert Drago und zittert. „Schnell, wir müssen uns verstecken, da hinter dem Felsen. Ich hab euch nicht gesagt, dass der Badesee eine Wassertränke für verschiedene Drachen ist. Da sind auch gefährliche dabei."

„Waaas?", Jutta ist empört, typisch Drago. Jetzt müssen sie sich schnell hinter dem Felsen verstecken. Kaum sind alle dahinter verschwunden, erscheint ein großer, dunkler Drache. Seine Augen rollen und aus seiner Nase steigt Rauch. Der Drache schnüffelt und brummt:

„Ich rieche etwas, da hat sich doch irgendwo jemand versteckt." Der fremde Drache schaut sich um und fängt an zu suchen, gleich wird er sie finden. Da kommt die Drachenmutter von Drago um die Ecke. Sie ist aufgewacht, als die Freunde nicht mehr in der Wohnhöhle waren. Dann ist sie außen um den Felsen gelaufen und sucht Drago.

Nun steht Dragos Mutter vor dem fremden Drachen. Sie schaut grimmig und stellt sich zum Kampf bereit auf die Hinterbeine.

Drago schaut hinter einem Felsen hervor und beobachtet seine Mutter genau. Wenn er einmal groß ist, will er auch so stark und mutig sein. Der fremde Drache rollt wieder mit den Augen und grölt laut. Die beiden großen Drachen umkreisen sich und stampfen mit den Füßen auf. Doch dann zieht sich der Fremde vorsichtig zurück. Dragos Mutter ist größer als er.

Das andere Tier sucht Wut schnaubend das Weite. Aus der Ferne hören sie noch, wie es ruft: „Groah, Groaaah." Puh, das ging noch einmal gut. Ein Glück, dass Dragos Mutter sie gefunden hat.

„Kommt sofort heraus, " ruft Dragos Mutter streng. Drago blickt auf seine Fußspitzen und sagt betrübt: „Tut mir sehr leid. Wir hätten nur mit dir zusammen zum See gehen dürfen."
Auch Grüze, Tim und Jutta schauen bedrückt.

Die Mutter stupst ihr Drachenkind liebevoll mit ihrer großen Drachennase an. Sie brummt:

„Ich bin froh, dass euch nichts passiert ist."
Nun ist alles wieder gut, zusammen wandern sie außen um den Felsen herum zurück, zur Wohnhöhle.

Kapitel 4: Der Flugwettbewerb

Grüze und Tim sitzen am Bachufer im Gras. Neben ihnen liegt Drago, der kleine Drache. Die Freunde langweilen sich. Es ist ein warmer Sommertag.

Tim gähnt, er beobachtet im Bach kleine Fische. Sie flitzen im klaren Wasser über Kieselsteine hin und her. Drago versucht mit seiner Zunge eine Fliege zu fangen und Grüze sieht eine blau glänzende Libelle. Das Insekt fliegt mit dünnen, durchsichtigen Flügeln.

Am Ufer steht auch ein Baum, seine Äste hängen über dem Bach. Oben auf einem Ast sitzt die Eule Xantor und schläft ganz tief. Anscheinend hat sich Xantor mit den Krallen nicht richtig am Ast festgehalten, auf einmal kippt er zur Seite und fällt mit einem Platsch ins Wasser. Nun ist er wach und zappelt mit den Flügeln im Wasser.

Tim springt auf, watet durch das Wasser und fischt Xantor heraus. Tim lacht: „Na so etwas, und ich dachte, du kannst so super fliegen." Tim ärgert die Eule ein bisschen. Die sitzt mit nassen Flügeln im Gras:

„Ich bin einer der besten Flieger", Xantor ist beleidigt: „Und überhaupt, wenn du fliegen könntest, würde ich dich zu einem Wettflug herausfordern."

Tim denkt kurz nach und antwortet:

„Top, die Wette gilt. Wir veranstalten einen Flugwettbewerb und jeder, der will, kann daran teilnehmen."

Grüze ist begeistert: „Super, wir nehmen die Wiese der Elfen für unseren Wettbewerb."
Als Gespenst kann er nämlich etwas in der Luft schweben.

Nur Drago kratzt sich am Kopf und denkt nach. Er ist kein Flugdrache, wie soll er an dem Wettbewerb teilnehmen?

Die Freunde verabreden sich für den nächsten Tag mittags auf der Wiese. Sie wollen den anderen Bewohnern des Zauberwaldes auch von ihrem Wettstreit erzählen, damit noch mehr Teilnehmer kommen.

Am nächsten Tag treffen sie sich zum Flugwettbewerb auf der Elfenwiese am Waldrand.

Folgende Teilnehmer sind aufgestellt:

die Eule Xantor, das Gespenst Grüze, der Drache Drago und der Junge Tim. Außerdem nimmt Frieda, die kleine Hexe, am Wettbewerb teil und verschiedene kleine Elfen, die ein Team bilden wollen.

Es soll verschiedene Flugvorführungen geben. Die Schiedsrichter entscheiden, wer der

Gewinner ist. Der Wichtel Rudi, Lisa, die Maus und Jutta sind die Schiedsrichter.

Sie bewerten die Flüge und vergeben Punkte. Alle stehen gespannt auf der Wiese.

Als Erstes beginnt Xantor mit seinen Flugkünsten. Die Eule plustert sich auf, breitet ihre mächtigen Schwingen aus und erhebt sich in die Luft. Xantor fliegt hoch über die Bäume des Zauberwaldes. Er zieht am Himmel viele Runden.

Dann kommt er zurück, gleitet niedrig über die Wiese, greift mit seinen Krallen zielsicher einen kleinen Stein und landet auf einem Ast im Baum.

Alle Zuschauer sind voller Bewunderung und klatschen in die Hände. Der Wichtel schreibt in sein Notizbuch: Xantor fliegt imposant, beeindruckend und zielsicher.

Als Nächstes ist Grüze an der Reihe. Das kleine Gespenst steigt in die Höhe, schwebt etwas über den Zuschauern. Es verbiegt sich und verwandelt sich in verschiedene Figuren.

Einmal ist es als großer weißer Ball zu sehen. Dann verwandelt sich Grüze in ein Schaf und in eine dünne Luftschlange. Außerdem dreht sich Grüze noch ganz schnell in der Luft, wie ein Kreisel.

Auch das kleine Gespenst bekommt viel Applaus von den Zuschauern. Jutta schreibt diesmal in das Notizbuch: Grüze schwebt elegant, verwandelt sich und kreiselt wild.

Neuer Teilnehmer ist nun Tim. Er hat sein Modellflugzeug mitgebracht. Dazu gehört ein Motor, der im Flugzeug eingebaut ist, und eine Fernsteuerung.

Tim stellt das Flugzeug auf der Wiese in Position und schaltet die Fernsteuerung an.

Der Flugzeugpropeller dreht sich, der Motor brummt. Die Räder rollen los und schon erhebt sich das Modellflugzeug in den Himmel.

„Aaaah" und „oooh", rufen die Zuschauer. Alle schauen nach oben, dort dreht das Flugzeug seine Runden. Doch auf einmal beginnt das Flugzeug im Sturzflug, in hoher Geschwindigkeit, auf die Zuschauer herabzustürzen. Alle schreien und laufen auseinander. Gerade rechtzeitig kommt das Flugzeug wieder in die Gerade und saust über die Köpfe der Zuschauer. Dann landet es auf der Wiese, das ging noch einmal gut.

Lisa, die Maus, schreibt in das Notizbuch: Tims Flugzeug ist beeindruckend in der Technik. Tim macht waghalsige Steuermanöver.

Der nächste Teilnehmer ist Drago. Weil er nicht selbst fliegen kann, hat er einen bunten Papierdrachen gebastelt.

Drago zieht an der langen Schnur und sein Papierdrachen steigt in die Luft, wunderschön bunt flattert er dort lange Zeit oben am Himmel. Leider kommt Wind auf, der drückt ihn gegen die Äste eines Baumes, wo er sich verfängt.
Der Wichtelmann notiert: Drago hat einen schönen, bunten Drachen selbst gebaut.

Als Nächstes folgt die Gruppe der Elfen. Die Winzlinge besitzen kleine Flügel. Sie steigen in die Luft und schweben über den Zuschauern.
Die Elfen zeigen dem Publikum Tanzeinlagen am Himmel, als Reigen und in Herzform. Das ist wunderschön anzusehen.
Jetzt klatschen wieder alle Zuschauer vor Bewunderung. Jutta schreibt ins Notizbuch: Die Elfen sind voller Eleganz und tanzen gut im Team.

So, nun kommt die letzte Teilnehmerin. Es ist die kleine Hexe Frieda. Sie schnappt sich ihren Zauberbesen und schwingt sich darauf. Und schon geht die wilde Flugreise los.

Sie fliegt hoch am Himmel, dann wieder tief über den Zuschauern, dreht Kreise und macht Loopings. Ihr Flug geht sogar zwischen den Bäumen hindurch. Schließlich landet sie mit zerrauften Haaren wieder auf der Wiese.

Die Zuschauer sind begeistert und jubeln. Die Maus notiert im Buch: Frieda und ihr Zauberbesen beweisen höchste Flugkünste.

Was wird jetzt entschieden? Die Teilnehmer waren alle an der Reihe. Die Punkterichter ziehen sich zur Beratung zurück. Wer wird gewinnen? Der Wichtel, Jutta und die Maus beraten lange.

Dann verkünden sie das Ergebnis. Alle Beteiligten waren gut. Jeder hat etwas anderes präsentiert. Es wird beschlossen, dass alle Teilnehmer gemeinsam gewonnen haben.

Mit dem Ergebnis sind alle zufrieden. Jetzt kann die Abschlussfeier beginnen. Sie sitzen gemütlich zusammen auf der Wiese. Für jeden gibt es Apfelkuchen und Kräuterlimo. Die Feier dauert bis in den späten Abend, so viel haben sie sich über den heutigen Tag zu erzählen.

Kapitel 5: Die zwölf Gespensterregeln

Jutta und Tim sind bei Grüze im Schloss zu Besuch. Die drei sitzen an einem kleinen Tisch im Schlossturm. Von dort oben haben sie einen weiten Ausblick über den Wald, den Bach und die Elfenwiese.

Grüze hat ein Buch mit der Aufschrift „ABC" aufgeschlagen. Heute will er das Lesen lernen. Er schaut in das Buch. Grüze ruft eifrig: „Aaaaaaa, Eeeee, Uuuuu."

Jutta und Tim müssen etwas lachen. Doch dann meint Tim: „Wir bleiben jetzt ernst und sind leise. Grüze gibt sich viel Mühe und es hört sich schon sehr gut an."

Da freut sich das kleine Gespenst. Nun versucht Grüze das Wort „Apfel" zu lesen. Bei ihm hört sich das so an:

„Erst A, dann P, nun F, mit E, und L", buchstabiert das kleine Gespenst.

„Was soll das heißen? Verstehe ich nicht. Ich habe keine Lust mehr", mault Grüze und klappt das Buch zu.

„So geht das nicht", erklärt Jutta und macht das Buch wieder auf:

„Du liest jetzt mit dem linken Auge A und mit dem rechten Auge P. Dann liest du schnell mit dem linken Auge F und rechts E, links L." Grüze seufzt und versucht so zu lesen. Tatsächlich, es funktioniert: „Apfel", liest er stolz. Jutta und Tim rufen: „Bravo."

Grüze ist begeistert und weil er schnell lernt, liest er gleich den ganzen Satz: „Apfelmus und Besenstiel, wenn ich lerne, weiß ich viel."

Das hat gut geklappt. Zur Belohnung dürfen alle aus dem mitgebrachten Picknick-Korb frische Pfannkuchen essen.

Grüze denkt nach, dann schwebt er zur Tür hinaus und ruft: „Wartet einen Moment, ich bin gleich zurück." Ein paar Augenblicke später, ist er wieder da. Er hat ein altes, staubiges Buch mitgebracht. Oben auf dem Buchdeckel steht „Gespensterregeln".

Grüze erzählt: „Dieses Buch habe ich schon lange. Aber nur mein Urgroßonkel Fredo konnte lesen. Leider ist er schon verstorben." Auch Gespenster können irgendwann einmal sterben, sie werden nur viel älter als Menschen.

Grüze klappt das Buch auf, dann liest er zusammen mit den Kindern:

„Wie wirst du ein gutes Schlossgespenst? Hier findest du *12 Regeln*, die du befolgen sollst.

Regel 1: Ein gepflegter Geist trägt auf seiner weißen Haut immer eine dicke Staubschicht. (Dadurch wirkt er alt und würdig)

Regel 2: Helfe deinen Freunden, sie sind auch für dich da.

Regel 3: Im Schloss Gespenstergeschrei üben (in lauten, tiefen und hohen Tönen)

Regel 4: Trainiere über staubigem Boden zu schweben und hinterlasse keine Spuren.

Regel 5: Übe regelmäßig im Schloss mit Ketten zu rasseln. (Das Training ist gut für deine eigene Fitness und erschreckt Feinde)

Regel 6: Wenn du jemandem dein Gespenster-Ehrenwort gegeben hast, musst du es halten.

Regel 7: Übe Verwandlungen: Werde z. B. zu einer langen weißen Schlange. Oder werde zu einem dicken, runden Poltergeist, der durch die Räume im Schloss rollt.

Regel 8: Das Poltern im Schloss üben, bedeutet Krach machen. Du kannst Türen zuschlagen, Möbel laut hin und her schieben.

Gegenstände durch den Rittersaal schmeißen ist auch gut, z. B. Messingbecher und alte Krüge.

Regel 9: Schau dir öfter die Gemälde an der Wand an, das sind deine Vorfahren.

Regel 10: Halte dir als Haustiere Fledermäuse. Es sind gute Freunde und sie fressen Insekten, die im Schloss herumkriechen.

Regel 11: Mache regelmäßig Kontrollflüge vom Turm aus, rund um das Schloss.

Regel 12: Nachts um 12 Uhr, wenn die Uhr schlägt, im Schloss spuken, also Krach machen

Grüze schaut nachdenklich auf das alte Buch und die Gespensterregeln.

Dann sagt er zu Jutta und Tim: „Ich habe eine Idee. Wir üben die Regeln ein bisschen. Ich kann mit euch nicht nachts um zwölf Uhr üben, aber tagsüber geht auch."

Die Kinder finden Grüzes Idee aufregend. „Prima, das wird spannend", meint Tim.

„So, mal überlegen", Grüze denkt nach. „Welche Gespensterregel nehmen wir zuerst?" Dann wirft sich Grüze auf den Boden und wälzt sich hin und her.

„Was machst du da?", fragt Jutta erstaunt. Grüze steht wieder auf und blickt an sich hinunter. Dann lacht er: „Ein gepflegter Geist braucht eine dicke Staubschicht, dann wirkt er alt und würdig."

Die Kinder lachen, Tim muss niesen. Jutta blickt zu einem Holzbalken an der Decke.

„Schau einmal, Grüze, da oben hängen drei Fledermäuse. Du brauchst doch Haustiere."

Grüze nickt, dann stößt er einen kurzen Pfiff aus und die kleinen Flugtiere kommen angeflattert. Sie hocken sich auf seine Schulter.

Jutta ist etwas vorsichtig. Sie streichelt mit ihrem Zeigefinger über den felligen, kleinen Körper einer Fledermaus.

Die schaut mit ihren Knopfaugen auf die Kinder und stellt die Ohren aufmerksam hoch. Wie seltsam die Flügel aussehen, nicht wie bei einem Vogel. Die Flügel haben keine Federn, sondern lederige Haut.

Tim betrachtet die Fledermaus: „Ich wünschte mir auch so ein Haustier."

„Aaah, ich gebe dir mein Gespenster-Ehrenwort. Du kannst die linke Fledermaus haben. Sie heißt Henry", erklärt Grüze. Tim ist ganz stolz. Er pfeift leise und Henry fliegt auf seine ausgestreckte Hand.

Tim überlegt: „Am besten, ich lasse ihn hier bei den anderen. Da fühlt er sich wohl. Aber danke, Grüze, für das Geschenk."

Grüze grinst: „Wo wir gerade hier im Treppenhaus vom Turm sind, da können wir gleich einmal Gespenstergeschrei üben. Hier im Turm hallt es so schön und es gibt sogar ein Echo." Jetzt geht es los. Grüze ruft laut:

„Huuu, buuuu, uaaah."

Tim lacht und schreit: „Echo, Echo, hallo." Der Schall seiner Stimme wird von den Turmwänden zurückgegeben.

„Hallo, hallo", ist zu hören. Die Kinder sind beeindruckt. Jutta pfeift ein Lied und es ist durch den ganzen Turm laut zu hören.

Dann gibt Grüze den Kindern alte Ketten, die in einer Wandnische liegen. Sie steigen zu dritt die Turmtreppe hinunter und rasseln laut mit den Ketten.

Grüze ruft wieder: „Hoho, uaaah." Es hört sich echt gespenstisch an und macht Spaß. Die Treppe endet an einem langen Flur.

„Puh, wie staubig es ist, überall sind Spinnweben", murmelt Jutta.

Doch Grüze freut sich: „Das ist gut für die nächste Übung. Hier schwebe ich über den Boden, ohne Spuren zu hinterlassen. Seht ihr?", ruft er. Die Kinder beobachten Grüze. Tatsächlich, auf dem staubigen Boden sieht man keine Abdrücke.

Außerdem übt Grüze gleich noch Gespensterregel Nummer sieben. Während er in der Luft schwebt, verwandelt er sich in eine längliche weiße Schlange und dann in einen weißen Ball.

Tim fragt: „Welche Leute sind das auf den Bildern an der Wand?"

Während sie über den langen Flur gehen, erklärt Grüze: „Auf den Gemälden sind meine Vorfahren gemalt worden. Hier auf diesem Bild seht ihr einen Mann mit einem Piratenhut. Das ist Fredo, mein Uronkel. Er ist früher zur See gefahren und kannte sich auf den Meeren aus.

Das Bild daneben ist von Fredericke Schreck, meine Urgroßmutter. Sie konnte besonders gut poltern."

Jutta fragt: „Grüze hast du auch Eltern?" Das kleine Gespenst nickt und antwortet:

„Sie machen gerade eine lange Reise an einen großen Fluss. Er trägt den Namen Rhein. Dort gibt es auf den Hügeln viele Burgen und Schlösser. Meine Eltern machen eine Burgentour und besichtigen alles."

Die Kinder und Grüze sind am Ende des Ganges angekommen und öffnen eine Tür. Da stehen sie direkt im großen alten Rittersaal. Hier sind Fensteröffnungen und es ist hell.

„Von dem ganzen Staub bin ich durstig geworden. Habt ihr etwas zu trinken?", fragt Tim. Grüze schwebt zu einem Wandregal. Er nimmt eine Flasche und alte Messingbecher herunter. Dann schenkt er sich und den Kindern etwas Kräuterlimo ein. Auf dem Tisch steht eine Schale mit Knusperwatte. „Hier ist noch etwas Süßes zu essen." Grüze stopft sich die Wangen voll und ist schon ganz klebrig. „Die ist lecker, hm", schmatzt er.

Jutta meint nachdenklich: „Wir müssen noch das Poltern üben. Wie willst du das machen?"

Grüze fliegt zum Wandregal: „Ich werfe hier alle Becher und Krüge heraus." Und schon fliegen die ganzen Teile durch den Raum. Zum Glück ist nichts aus Glas, sondern alles aus Messing.

„Lasst uns noch die Möbel verschieben", ruft Grüze. Also machen die drei sich an die Arbeit. Sie ziehen und zerren Stühle und den Tisch mit lautem Geräusch quer durch den Raum.

Grüze ist ganz außer Atem und schnauft:

„Wir üben Gespensterregel Nummer acht aus dem Buch. Wir werfen alles um und poltern wild." Nach der ganzen Arbeit machen sie eine Pause. Grüze seufzt zufrieden:

„Ich bin richtig froh, dass ich jetzt lesen kann."

Tim lacht und lobt Grüze: „Aus dir wird einmal ein gutes Schlossgespenst."

Dann holt Grüze den Flugteppich. Für Jutta und Tim wird es Zeit zur Heimreise.

Sie setzen sich auf den Teppich. Er hebt ab und steigt höher. Sie schweben aus dem Fenster und fliegen eine Runde um das Schloss. Jetzt sehen sie alles von oben. Grüze ruft fröhlich: „Gespensterregel Nummer 11: Wir machen einen Kontrollflug." Dann fliegen sie über den Zauberwald zurück nach Hause.

Kapitel 6: Rudis Sprechstunde

Der Wichtel Rudi hat neben seiner Wohnhöhle einen Kräutergarten angelegt. Rudi betrachtet seine Kräuter liebevoll.

Was es da alles zu sehen und zu riechen gibt. Überall fliegen Bienen und Schmetterlinge an die Blüten. Sie holen sich Nektar und Blütenpollen.

„Hmm, hmm", macht der Wichtel und atmet den Duft der Kräuter ein. Ganz besonders liebt Rudi den Geruch seiner Kamille. Die Pflanzen mit ihren hübschen gelb-weißen Blüten findet man überall in seinem Garten.

Dazwischen wächst Löwenzahn mit zackigen Blättern, Salbei und Bärlauch sind auch zu finden. Am Rand wuchern viele Brennnesseln.

Heute hat der Wichtel Sprechstunde. Weil es keinen Arzt im Zauberwald gibt, kommen kranke Waldbewohner zu ihm. Der Wichtel steht seinen Patienten mit Rat und Tat zur Seite. Nur Frieda, die kleine Hexe, probiert immer ihre eigenen Zaubersprüche an sich selbst aus, wenn sie krank ist.

Rudi öffnet die Tür seiner Wohnhöhle und wartet. Im Wohnraum gibt es an der Wand ein Regal. Dort stehen viele Gläser mit getrockneten Kräutern und Flaschen mit Kräutersaft.

Die Sprechstunde ist morgens ab acht Uhr. Als Erstes kommt Xantor angeflogen. Die Eule hat gestern alten Fisch gegessen und ihr ist sehr schlecht: „Mir ist so übel, ich könnte kotz..."

„Na, na", unterbricht der Wichtel: „Du hast dir den Magen verdorben." Er tastet den Bauch der Eule ab: „Mach auch einmal den Schnabel auf. Ich schaue da hinein." Rudi gibt der Eule Kamillentee zu trinken. Außerdem muss Xantor mit Salbeisaft gurgeln, gegen seine Entzündung im Hals.

Für seine alten Eulenaugen erhält er Kalmuswurzel, das verschafft einen klaren Blick. „Kamille ist immer gut", meint der Wichtel.

Als Nächstes kommt eine kleine Elfe herein. Sie klagt über starke Müdigkeit. Rudi macht in einer großen Tasse leicht warmen Kamillentee. Darin darf die Elfe baden. Nach dem Kurbad hat sie sich erholt und fliegt federleicht davon.

Auf einmal ist lautes Niesen zu hören: „Hatschi, haptzi, tschi", macht es dauernd.
Der Wichtel geht nach draußen. Es ist Lisa, die Maus. Das arme Ding niest und niest, ohne Unterbrechung.

„Hm, was könnte das sein?", überlegt der Wichtel. „Du hast kein Fieber, die Zunge ist ohne Belag. Das sieht nicht nach einer Erkältung aus."

Rudi betrachtet die Maus ganz genau. „Lisa, du siehst so staubig aus, wo warst du?"

„Hatschi im Gespen..., tschi, ...sterschloss bei Grüze."

„Ah, ha", ruft der Wichtel: „Da wird nie geputzt, alles hat eine dicke Staubschicht." Die Maus braucht einfach nur viel frische Luft, dann geht es ihr besser.

Heute sind aber viele Patienten da, der Wichtel wundert sich. Da kommt Drago, der kleine Drache, um die Ecke. Er macht ein betrübtes Gesicht:

„Rudi, ich habe heute Morgen so viel Riesenklee gegessen, jetzt muss ich dauernd pupsen. Das stört und riecht nicht gut." Stimmt, die anderen halten sich die Nase zu, puh.

Der Wichtel drückt mit seinem Zeigefinger auf Dragos Bauch: „Da sind zu viel Körpergase drin. Du bist aufgebläht vom ganzen Klee."

Der Wichtel gibt Drago eine große Tasse Kamillentee gegen die Blähungen.

Gerade will Rudi seine Sprechstunde beenden, da kommt die kleine Hexe Frieda herein.

„Mein Rücken tut weh. Ich habe schon alle Zaubersprüche an mir selbst ausprobiert, nichts hilft."

Der Wichtel drückt vorsichtig auf die schmerzende Stelle am Rücken.

„Au, das tut weh", jammert Frieda.

„Hm, du hast dich beim Bücken verrenkt. Jetzt bist du etwas krumm und kannst nicht gerade stehen. Das nennt man auch Hexenschuss." Frieda soll zur Beruhigung Kamillentee trinken. Dann erhält sie ein Fläschchen Fichtenöl, damit kann sie den Rücken einreiben.

So, für heute sind alle Patienten versorgt, der Wichtel kann Feierabend machen.
Er nimmt noch die große Kanne und geht in seinen Kräutergarten, um die Pflanzen zu gießen.

Kapitel 7: Die Räubertochter

Xenia sitzt am Bach. Sie kühlt ihre Füße im Wasser. So weit ist sie gelaufen, der rechte Schuh ist kaputtgegangen. Er hat vorne ein Loch. Die junge Frau mit den langen roten Haaren seufzt.

Da fliegen ein paar Elfen übermütig und lachend um sie herum. Die Elfen sind klein wie Libellen. Ihre winzigen Flügel glänzen in der Sonne. Eine der Elfen setzt sich auf Xenias Schulter. „Warum bist du so traurig?", fragt die kleine Elfe. Xenia antwortet grimmig: „Ich bin von zu Hause fortgelaufen."

Die Elfe schaut auf Xenias Schuhe: „Du bist weit gegangen. Die sind kaputt."

„Ja, leider, und es wird bald dunkel", meint Xenia. Die Elfen rufen: „Komm mit, dort hinten ist die Hütte von Frieda, der kleinen Hexe." Die Elfen fliegen vom Bach weg, über die Wiese. Xenia läuft hinter ihnen her. Sie kommen zu der kleinen Hütte am Waldrand. Davor sitzt Frieda auf einer Bank. Sie liest in einem Kochbuch.

Die Elfen fliegen auf die Schulter der kleinen Hexe. Xenia stellt sich vor Frieda hin. Die kleine Hexe schaut auf:

„Oh, Besuch, sei willkommen. Setz dich zu mir, dann schwatzt es sich besser." Xenia setzt sich zu Frieda auf die Bank. „Wer bist du?", fragt die kleine Hexe. Die junge Frau zieht ein grimmiges Gesicht: „Ich bin Xenia, die Tochter des Räubers Thorso."

Frieda ist erstaunt: „Das ist der Anführer der Räuber. Die leben doch alle in der Felsenschlucht. Was machst du hier?"
Xenia lacht böse: „Ha, ha. Ich habe Streit mit meinem Vater. Er will, dass ich den Räuber Wirlo heirate. Da bin ich abgehauen."

Frieda runzelt die Stirn und wettert: „Der alte Kerl, den Wirlo würde ich an deiner Stelle zum Mond schießen."

Auf einmal hören sie jemanden pfeifen. Da kommt ein Wichtel mit roter Wichtelmütze zwischen den Bäumen entlang gewandert. Es ist Pedro. Er will eigentlich seinen Bruder, den Wichtel Rudi, besuchen. Vor der Bank bleibt er stehen und meint: „Oh, Frieda, du hast Besuch? Ich setz mich zu euch."

Frieda wundert sich: „Willst du jetzt noch zu deinem Bruder? Der Weg ist weit, es wird bald dunkel."

Pedro seufzt: „Ich habe mich verspätet. Eigentlich wollte ich ihn besuchen und seine Lederjacke flicken, die hat ein Loch. Ich habe extra Nähzeug mitgenommen."

Da wird Xenia freundlicher: „Kannst du meinen Schuh reparieren?" Sie hält den Schuh hoch.

Pedro nickt: „Gib ihn her. Ich nähe ein Stück Leder drauf, dann ist er wie neu." Der Wichtel nimmt sein Nähzeug und ein Stück Leder aus seiner Tasche. So sitzen sie zu dritt auf der Bank und Pedro näht den Schuh.

Xenia freut sich: „Ich danke dir. Wisst ihr, wo ich übernachten kann? Es ist fast dunkel."

Frieda meint: „Meine Hütte ist sehr klein. Aber du kannst bei mir drinnen schlafen. Pedro, wenn du willst, gebe ich dir eine Decke und du legst dich hier draußen auf die Bank. Du kannst morgen weiterwandern."

Xenia wundert sich: „Ich danke dir, das ist sehr freundlich."

Die Elfen singen ein Abendlied: „Die Sonne geht unter, der Mond steht auf. Er leuchtet am Himmel, weckt bald auch die Sterne auf." Dann fliegen die Elfen in ihre Wohnblumen auf der Wiese.

Xenia darf in der Hütte übernachten. Pedro holt sich eine Decke und schläft auf der Bank. Am nächsten Morgen ist Frieda mit ihrem Zauberbesen schon früh unterwegs. Jetzt fliegt sie zur Hütte zurück und hält davor. Frieda steigt ab und rüttelt den Wichtel auf der Bank wach: „He, Pedro, du Schlafmütze, wach auf", ruft sie.

Pedro reibt sich die Augen und schaut auf Friedas Papiertüte: „Sag mal, Frieda, ist da Frühstück drin?"

Die kleine Hexe verzieht das Gesicht. Dann meint sie gutmütig: „Ich habe von Grüze frisch gebackene Gespensterbrötchen bekommen.

Hier sind auch noch ein paar Eier, die können wir braten."

„Prima", meint der Wichtel. Dann brät Pedro die Eier in einer Pfanne am Lagerfeuer vor der Hütte. Inzwischen ist auch Xenia wach. Sie darf mit Frieda und Pedro frühstücken.

„Ich danke euch, nun schon zum dritten Mal", freut sich Xenia.

Frieda schaut Xenia an und meint: „Du musst mit deinem Vater sprechen. Sag Thorso deutlich, dass du den Räuber Wirlo nicht zum Mann haben willst. Schließlich bist du auch ein Räuber und musst dich durchsetzen."

Xenia sagt nachdenklich: „Du hast Recht, Frieda. Ich rede mit meinem Vater. Den alten Wirlo mag ich nicht." Dann lächelt Xenia und sagt: „Ich habe mich in Pedro verliebt. Ich möchte mit ihm zusammen sein."

Pedro wird vor Freude ganz rot im Gesicht. Die schöne Räubertochter gefällt ihm sehr. Frieda schüttelt den Kopf: „Das geht nicht. Der Pedro ist ein Wichtel und du, Xenia, bist ein Räuber."

Xenias Augen blitzen: „Es geht alles, wenn man will. Pedro, magst du mich?" Pedros Gesicht wird noch röter: „Ähm, ich glaube schon."

„Siehst du, Frieda. Wenn zwei das Gleiche denken, bleiben sie beisammen", meint Xenia hitzig. Frieda seufzt:

„Also gut, ich fliege euch mit meinem Besen zur Felsenschlucht. Du kannst mit Thorso sprechen." Die kleine Hexe holt ihren Besen. Xenia und Pedro steigen hinten auf. Der Besen hebt sich in die Höhe. Dann fliegen sie über die Baumwipfel des Zauberwaldes zur Felsenschlucht.

In der Schlucht gibt es ein Dorf, das besteht aus mehreren Räuberhütten. In der größten Hütte wohnt der Anführer. Thorso steht mit seinen Männern auf dem kleinen Platz vor den Hütten. Frieda hält ihren Besen an. Xenia und Pedro springen hinunter.

Thorso ist außer sich: „Alter Hut und Räuberbein. Xenia, wo warst du? Wir haben die ganze Gegend abgesucht."

Xenia schaut ihrem Vater fest in die Augen und holt tief Atem. Dann sagt sie so grimmig wie möglich: „Ich, Xenia, bin ein echter Räuber mit einer eigenen Meinung. Ich verkünde, dass ich den Wichtel Pedro heiraten werde."

Thorso und die übrigen Räuber lachen:

„Ha, ha, ha. Ein Räuber und ein Wichtel, das geht doch gar nicht."

Jetzt muss Pedro Stellung beziehen. Er stellt sich aufrecht hin. Dann spricht er feierlich:

„Wenn zwei das Gleiche denken, bleiben sie beisammen. Ich, Pedro, trage von nun an einen Räuberhut."

Der Wichtel setzt seine rote Wichtelmütze ab und übergibt sie an Frieda. Dann setzt er einen schwarzen Räuberhut auf. Pedro sagt: „Ich baue für Xenia und mich hier in der Felsenschlucht eine neue Hütte."

„Ah, ha, kannst du denn etwas besonders gut?", will Thorso wissen.

Pedro lacht: „Ich kann gut Karten spielen. Außerdem brate ich die besten Bratwürstchen mit Speck, die es gibt."

Die Räuber flüstern untereinander.

„Voll lecker, Bratwürstchen", sagt einer leise. Und ein anderer überlegt: „Ein guter Kartenspieler, das ist doch prima." Trotzdem will der Räuber Thorso Streit anfangen. Da sieht er die funkelnden Blicke seiner Räubertochter. Thorso seufzt und sagt: „Von mir aus, macht doch, was ihr wollt."

„Hurra, hurra", rufen Xenia und Pedro. Sie geben sich einen Kuss. Die Räuber werfen vor Freude ihre Hüte in die Luft. Schließlich gibt es jetzt einen Räuber mehr. Das muss gefeiert werden.

Nur Frieda ist traurig. Sie verabschiedet sich von Pedro, Xenia und den Räubern. Dann fliegt sie mit ihrem Besen zum Zauberwald zurück. Die rote Wichtelmütze wird sie dem Wichtel Rudi zur Aufbewahrung geben. „Oh je, wie erkläre ich Rudi bloß, dass sein Bruder Pedro Räuber geworden ist", denkt die kleine Hexe. Da fällt ihr ein Spruch ein:

„Gegen die Liebe ist kein Kraut gewachsen." Da muss Frieda lächeln, als sie über den Zauberwald fliegt.

Kapitel 8: Der Kochwettbewerb

Jutta hat die Idee: „Lasst uns einen Kochwettbewerb veranstalten. Wie findet ihr das?"

Die Freunde stimmen dem Vorschlag begeistert zu. Jeder soll ein Gericht zubereiten. Vor Friedas Hexenhäuschen stellen sie einen langen Tisch auf, damit jeder Platz zum Kochen hat. Sie bauen auch eine Feuerstelle mit Kochtopf und Grillrost auf.

Die Vorbereitungen sind in vollem Gange. Alle Teilnehmer haben gute Laune, sie wollen natürlich ihre Lieblingsspeise präsentieren.

Eine Gruppe von Elfen will das Essen testen und den Gewinner ermitteln.

Drago, der kleine Drache, hat von zu Hause grünen Klee und Riesenwuchs Löwenzahn mitgebracht. Er rupft die Zutaten mit seinen Drachenfingern in kleine Stücke und fertig ist der köstliche Drachensalat. Drago ist sehr stolz.

Hm, die Elfen probieren ein bisschen Klee und meinen: „Ein einfaches Gericht, aber mit sehr viel Vitaminen."

Dann fliegen die Tester weiter zu Grüze. Das kleine Gespenst hat im Kochtopf viele Zutaten schmelzen lassen.
Grüze drückt die Masse zu einem Klumpen. Dann wirbelt er die Masse wild durch die Luft und hält fertige Knusperwatte in seiner Hand. Die Elfen sind beeindruckt: „Bravo", rufen sie: „Sehr lecker, frisch und bauschig."

Tim und Jutta haben aus verschiedenen Zutaten Pfannkuchen mit Kirschen gebacken, die sind sehr lecker.
Als Nächstes kommt Xantor herangeflogen, er hält frischen Fisch in den Krallen. Der ist natürlich schon tot. Die Eule legt den Fisch auf den Grill am Feuer und wartet, bis er knusprig braun ist. Das Elfenteam mag leider keinen Fisch probieren, Xantor ist beleidigt. Sie loben aber die Kochkunst der Eule: „Sieht gut durchgebraten aus."

Jetzt ist Lisa, die Maus, an der Reihe. Sie knackt Nüsse auseinander und zerreibt Getreide auf einem Mahlstein. Das Ganze kommt mit Rosinen in eine Schale Wasser.
„Das wird jetzt in Wasser eingeweicht und ist

dann später ein Müsli", erklärt die Maus.

„Aaaah, eine gute Frühstücksidee", loben die Elfen.

Der Wichtel hat in dieser Zeit schon einige Kräuter aus seinem Garten in einem Topf Wasser gekocht: „Kamille, Fenchel und Salbei", zählt er auf: „Das ist ein Gesundheitstee bei Erkältung. Es kommt noch Honig hinzu." Die Elfen sind einverstanden mit seinem Rezept.

Bei dem Gericht von Frieda, der kleinen Hexe, sieht das anders aus. Sie hat in einem großen Topf viele Gemüsesorten gekocht und Zauberkraut hinzugefügt.

„Das geht diesmal nicht", bestimmen die Elfen: „Alle anderen Teilnehmer haben heute auch ohne ein Zaubermittel gekocht."

Frieda ist außer sich und beleidigt. Ohne das Zauberkraut findet sie ihr Essen nicht lecker.

Dann ist noch eine kleine Elfe da. Sie präsentiert in einer Schale selbst gesammelten Blütenpollen.

Das Team der anderen Elfen ist voll des Lobes: „Was für ein wunderbares Essen, ein sehr schmackhaftes Gericht. Die kleine Elfe ist der Hauptgewinner des Kochwettbewerbes", rufen sie.

Oh ha, jetzt gibt es aber gewaltigen Ärger. Xantor ist sauer, weil die Elfen keinen Fisch mögen, und rollt mit seinen gelben Augen.

Frieda will unbedingt das Zauberkraut in ihr Essen tun: „Sonst verwandele ich euch alle in Kröten", droht sie dem Elfenteam.

Grüze behauptet, dass seine Knusperwatte den ersten Preis verdient, weil sie lecker ist.
Die übrigen Teilnehmer sind auch nicht einverstanden mit dem Gewinner, weil die Elfen parteiisch sind. Sie haben ihr eigenes Lieblingsessen ausgewählt.
Es ist ein wildes Durcheinander, die Freunde streiten und schimpfen.

Bis Drago auf einmal fragt: „Was wäre eigentlich der Preis für den Gewinner?"
Rudi, der Wichtel, hat den Preis vorher ausgesucht. Er zeigt auf einen großen, neuen Ofen mit Kochstelle, Topf und Grill.
„Das ist der Preis für den Gewinner", erklärt er stolz.
Die kleine Elfe schaut auf das Riesenteil. Sie verzieht das Gesicht und meint: „Ach du liebe Zeit. Ein Ofen, der ist ja viel zu groß für mich. Den nehme ich nicht mit auf die Elfenwiese zu meiner Wohnblume."
Die übrigen Elfen schauen sich betrübt an. Was nun?
„Ha, das kommt davon, wenn der Falsche beim Kochen gewinnt", ruft Frieda triumphierend.

Alle denken nach, dann beschließen sie den neuen Ofen einfach vor Friedas Häuschen stehen zu lassen. So können sie abends immer draußen sitzen und kochen oder grillen. Jeder kann mitbringen, was er am liebsten isst.

Kapitel 9: Drago trifft auf Aldebard

Drago, der kleine Drache, ist wieder heimlich am Badesee. Dort ist es aber auch zu schön. Das Wasser ist kristallklar. Drago kann bis auf den felsigen Grund des Sees hinuntersehen.

„Juchu, ist das toll", ruft der kleine Drache und springt in das Wasser. Er ist ein guter Schwimmer und Taucher.

Oben am Berg fällt aus einer Höhlung Wasser in den See hinunter. Drago stellt sich gerne unter den Wasserfall. Das Wasser prickelt auf seinen Schultern, wenn es aufklatscht.

Im Badesee leben auch Fischotter. Ihre Fellköpfe schauen aus dem Wasser heraus. Sie blicken Drago mit ihren großen Augen an und rufen: „Komm Drago, lass uns im Wasser spielen und um die Wette tauchen."

Unter Wasser sind die Otter extrem schnell, flink und wendig. Sie sind die besten Schwimmer des Zauberwaldes. Sie bewegen sich ganz schnell um Drago herum und kitzeln ihn am Bauch.

Drago lacht: „Wenn ich euch zu fassen kriege." Doch das schafft er natürlich nicht. Drago hat einen Ball mitgebracht.

Den hat er von Tim, dem Jungen vom Waldhaus, geschenkt bekommen.

„Hier schnappt den Ball, lasst uns spielen", ruft der kleine Drache. Die Otter stupsen den Ball mit ihren Nasen hin und her.

Da gibt es ein lautes Geräusch, es macht, bum, bum, bum. Der Boden wackelt.

„Oh nein, nicht schon wieder", denkt Drago: „Ausgerechnet heute, wo ich hier bin."

Um die felsige Ecke herum biegt ein großer, dunkler Drache. Davon gibt es mehrere, sie leben im Drachental hinter dem Zauberwald. Die Drachen kommen öfter zum Badesee, weil es ihre Wassertränke ist. Das ist immer gefährlich. Diese Drachen sind wild und schnauben wütend.

Zu spät, Drago kann nicht mehr aus dem Wasser. Er steht ganz still und leise im Schilf am Ufer. Der fremde Drache nähert sich, jetzt steht er am Rand des Sees. Er beugt seinen Kopf und den langen Hals hinunter. Mit starken Zügen schlürft er Wasser.

„Komisch, was ist das für ein Drache?", denkt Drago. „Ich stehe im See und er sieht mich nicht? Bin ich ihm egal?"

Der große Drache lässt sich nicht stören und trinkt in aller Ruhe weiter. Drago beobachtet den Drachen und überlegt: „Hm, der sieht mich nicht und er riecht mich auch nicht. Der bewegt gar nicht seine Nasenlöcher, um zu schnuppern."

Drago, frech wie er ist, nähert sich dem Drachen. Leise schwimmt er zwischen ein paar Schilfhalme, die im Wasser wachsen. Eigentlich müsste der fremde Drache ihn jetzt trotzdem sehen und riechen. Da hebt dieser den mächtigen Kopf, seine Nasenflügel zucken, tief atmet er ein. Dann donnert sein Grölen über den See: „Ist hier jemand? Ich rieche etwas."

Jetzt hat Drago es verstanden. Das ist ein ganz alter Drache, also ein Opi. Der ist fast blind, riecht schlecht, und hören kann er auch nicht mehr gut.

„Irgendwie wirkt der gar nicht gefährlich", denkt Drago. Dann wird er mutig und ruft laut:

„Hier bin ich im Schilf." Der alte Drache schwenkt seinen langen Hals und legt den Kopf schief. Mit seinen alten Augen versucht er Drago zu erkennen: „Wer bist denn du. Ein vorwitziger Zwerg, der mich beobachtet?"

Drago ist empört, er ist doch gar nicht so klein. Er klettert aus dem Wasser und streckt sich in die Länge. Dann ruft er ganz laut: „Ich bin ein Drache und heiße Drago. Ich gehe hier öfter zum See, um zu schwimmen."

„Aah, das habe ich jetzt gehört. Nun Drago, entschuldige, aber ich bin schon älter. Ich höre und sehe nicht mehr so gut. Mit dem Riechen klappt es gerade so. Ich heiße übrigens Aldebard."

„Super, hallo", ruft Drago hinauf: „Ich wollte immer schon einen großen Freund haben."
Aldebard verzieht grimmig das Gesicht:

„Du solltest hier nicht allein sein. Das ist kein Ort für kleine Drachen, geh nach Hause."

Dann zuckt er mit den Schultern und wendet sich ab. Langsam trottet er davon. Und was tut Drago? Ist er glücklich, weil sein Leben nicht in Gefahr ist? Der freche kleine Drache schleicht hinter dem großen, fremden Tier her.

„Das werden wir ja sehen, wo der hergekommen ist", denkt Drago. „Ich lauf mal leise mit." Der alte Drache trottet mit langsamen Schritten durch den Zauberwald.

„Ist das langweilig", denkt Drago grimmig.

„Jetzt latsche ich schon eine Stunde im Schneckentempo hinter ihm her." Da werden die Bäume weniger, vor ihnen öffnet sich ein breites Tal mit einer riesigen Grasfläche.

Drago hält den Atem an, er fühlt sich auf einmal ganz winzig. Und das ist er tatsächlich, denn auf der Fläche stehen mehrere große, dunkle Drachen. Sie schnauben durch die Nase und grölen wild: „Groah, groaaah." Drago hat auf einmal ein ungutes Gefühl:

„Ich sollte doch besser ganz schnell nach Hause laufen", denkt er.

Doch es ist zu spät. Ein großer Kopf reckt sich aus dem Busch neben ihm. Zwei Augen mustern Drago misstrauisch. Hinter ihm steht ein Drache, mit einem sehr langen Hals. Dann wird Drago im Nacken gepackt und nach oben gehoben. Der Drache stampft zur Grasfläche, wo die anderen stehen. Drago zappelt in seinem breiten Maul.

Das große Tier lässt Drago fallen, und er purzelt zwischen die Füße der anderen Drachen. Der Anführer rollt mit den Augen und schnaubt: „Was machst du hier? Wo hat sich deine Gruppe

versteckt? Rede, sonst ergeht es dir schlecht."
Drago schaut mutig nach oben. „Ich bin ganz
allein hier", antwortet Drago so laut er kann.
Darauf erfolgt schallendes Gelächter aller
Drachen. Es ist über das ganze Tal zu hören.

Da ruft eine alte, heisere Stimme:
„Halt, lass den Jungen in Ruhe." Die Drachen
drehen sich um, da kommt Aldebard mit müden
Schritten angetrottet.
„Das ist mein Neffe Drago. Er ist hier zu
Besuch bei mir. Ich wollte es euch noch sagen."
Der Anführer schaut Aldebard und Drago böse
an. Dann schnauft er etwas beruhigt:
„Ah ha, dein Neffe. Aldebard, du wirst im Alter
auch immer vergesslicher. Also gut, von mir
aus", ruft der Anführer und schreitet nun
gelangweilt davon. Auch die anderen Drachen
kümmern sich nicht mehr um Drago.

Der trottet jetzt hinter Aldebard her, bis zu
einer Felsenecke. Dort können die anderen
Drachen sie nicht mehr sehen. Drago steht vor
dem großen Aldebard und wartet auf eine
Strafpredigt.
Doch der alte Drache ist müde:
„Junge, wie konntest du nur. Du hast dein
Leben in Gefahr gebracht. Ich hoffe, das machst
du nie wieder."

Drago antwortet mit weinerlicher Stimme: „Es tut mir wirklich sehr leid. Danke, du hast behauptet ich, wäre dein Neffe."

Aldebard denkt nach: „Was mache ich jetzt mir dir?" Dann grölt er einige Male: „Groah, Groaaaah." Da kommt ein großer Flugdrache aus der Luft herangerauscht. Es ist Eckbert, der beste Freund von Aldebard. Er kann ihm absolut vertrauen.

„Eckbert, dieser kleine Drache muss zurück in den Zauberwald. Bitte fliege ihn nach Hause und schwöre, dass du niemandem etwas sagst."

„Geht in Ordnung, Aldebard, du kannst dich auf mich verlassen", verspricht Eckbert.

„So, dann klettere auf meinen Rücken", sagt er zu Drago. Der ist erleichtert, verabschiedet sich von Aldebard und krabbelt hinauf auf den Flugdrachen. Eckbert hebt seine riesigen Flügel und der Flug geht los in Richtung Zauberwald. An der Wohnhöhle im Wald fliegt Eckbert niedriger und lässt Drago ins Gras purzeln. Dann fliegt er weg.

„Das ging gerade noch einmal gut", denkt Drago. Aber seine Mutter steht in der Nähe und hat Eckbert in der Luft gesehen.

„Draaago, wo warst du?" fragt die Drachenmutter streng:
„Ab in die Wohnhöhle." Drago seufzt und denkt:
„Ich bin froh, wenn der Tag heute rum ist."

Kapitel 10: Rudi hat einen Traum

Über dem Zauberwald leuchten die Sterne. Jetzt, am späten Abend, schlafen die meisten Bewohner tief und fest.

Xantor, die alte Eule, ist wach und fliegt durch den Wald. Aber da ist noch jemand wach.

Der Wichtel Rudi lebt in einer gemütlichen Wohnhöhle. Er liegt in seinem Bett. Auch nachts trägt Rudi seine rote Wichtelmütze.

„Ich kann einfach nicht schlafen. Ich bin hellwach", murmelt er. Der Wichtel hat schon Baldrianwurzel gegessen und Milch mit Honig getrunken.

Jetzt steht er auf. Er zieht seine Pantoffeln an und geht im Schlafanzug nach draußen. Im dunklen Garten leuchten viele Glühwürmchen.

„Guten Abend Rudi", rufen die Käfer und leuchten um die Wette. Der Wichtel bleibt bei den Lavendelkräutern stehen und atmet tief den Duft. Vielleicht hilft das? Nein, es hilft nicht.

Rudi setzt sich auf seinen Schaukelstuhl, der am Rand des Gartens steht. Auf einmal sieht er Frieda mit ihrem Besen vorbeifliegen.

„Frieda, hallo, ich bin noch wach", ruft der Wichtel. Die kleine Hexe hält ihren Besen an und wundert sich.

„Um diese Zeit schnarchst du sonst immer schon im Bett."

Rudi ist betrübt: „Ich hab schon alles ausprobiert, aber ich bin hellwach." Frieda betrachtet den Freund: „Ok, dann hilft etwas Zaubersalz", meint sie zuversichtlich. Die kleine Hexe greift in ihre Tasche. Sie holt etwas Zaubersalz heraus und streut es Rudi auf die Wichtelmütze.

Da wird der Wichtel ganz müde. Er gähnt, die Augen werden immer kleiner und er schläft ein. Frieda ist zufrieden. Sie fliegt mit ihrem Besen weiter. Der Wichtel schnarcht sogar ein bisschen. Im Schlaf sieht Rudi sich selbst, so wie er auf dem Schaukelstuhl sitzt.

Rudi träumt, dass etwas auf seine Schulter flattert. Es ist Xantor.

„Was machst du hier?", fragt die Eule. Rudi sagt im Traum: „Ich kann nicht einschlafen."

Die Eule nickt: „Ich bin nachts immer wach. Lass uns ein Stück spazieren gehen. Ich bleibe auf deiner Schulter sitzen."

Die beiden wandern langsam ein Stück durch den dunklen Zauberwald. Als sie an Dragos Höhle vorbeikommen, hören sie lautes Schnarchen. Der kleine Drache wohnt dort mit seiner Mutter.

Xantor hat eine Idee. „Lass uns zum alten Schloss gehen, vielleicht treffen wir Grüze. Gespenster sind doch nachts auch wach."

Der Wichtel ist einverstanden und sie machen sich auf zum Schloss. Als sie an dem alten Gemäuer ankommen, ist die Zugbrücke hochgezogen.

„Schade, wir können nicht hinein. Vor uns liegt der Wassergraben", meint Rudi bedauernd.

„Ich fliege mal hinüber, du wartest hier." Und schon erhebt sich Xantor in die Luft und fliegt zum Schloss hinüber. Nach einiger Zeit kommt er zurückgeflattert. Hinter ihm schwebt Grüze auf dem Flugteppich. Das kleine Gespenst hält den Teppich an.

Grüze freut sich: „Hallo Rudi. Prima, dass

ihr hier seid. Wir machen eine Tour über den Zauberwald." Der Wichtel setzt sich zu Grüze und der Teppich hebt sich in die Luft über die Baumwipfel.

Sie starten zu einem Flug über den nächtlichen Zauberwald. Xantor fliegt neben ihnen. Am Rand des Zauberwaldes sehen sie ein kleines Feuer. Sie fliegen vorsichtig im Dunkeln näher.

„Da sitzt Pedro am Lagerfeuer", flüstert Rudi. Pedro ist ein Räuber und der Bruder des Wichtels. Früher war er auch Wichtel. Dann hat er sich in die Räubertochter Xenia verliebt. Seit der Zeit wohnt er mit ihr in der Felsenschlucht.

Grüze landet mit dem Teppich am Lagerfeuer.

Pedro springt auf, als er seinen Bruder Rudi sieht, setzt er sich wieder.

„Was machst du hier, Pedro? Warum bist du nicht bei Xenia in der Hütte?", fragt Rudi.

Pedro seufzt: „Immer meckert sie an mir rum. Ich soll aufräumen, die Stiefel putzen. Ich soll meinen Bart kürzer schneiden. Wir hatten Streit und jetzt übernachte ich hier am Lagerfeuer."

„Aaah, ich kann dich verstehen", lacht Grüze, „ich als Gespenst darf staubig sein und Unordnung machen. Ich poltere und mache Krach." Pedro, der Räuber, schaut grimmig. Dann hat er eine Idee: „Wenn ihr schon einmal hier seid, können wir Karten spielen. Ich bringe euch Skat bei."

So sitzen sie zusammen am Lagerfeuer, spielen Karten und essen Bratwürstchen. Außerdem verliert Pedro dauernd beim Spiel.

Xantor sieht ihnen zu und hilft heimlich dem Wichtel zu gewinnen.

„Alter Hut und Räuberbein, heut soll nicht mein Glückstag sein", ruft der Räuber. Er hat schon wieder verloren und keine Lust mehr zu spielen. „Ich würde gerne einmal eine Runde auf so einem Teppich fliegen", meint Pedro.

Grüze ist einverstanden: „Klar, steigt alle auf, wir fliegen noch ein Stück." So fliegen das kleine Gespenst, der Wichtel und der Räuber eine Strecke auf dem Teppich.

Es geht nun weg vom Zauberwald, über die Felsenschlucht. „Schaut, dort unten in dem Räuberdorf sind meine Räuberkumpel und mein Chef Thorso." Grüze und der Wichtel schauen nach unten. Sie sehen ein größeres Lagerfeuer, um das mehrere Räuber sitzen. Leise fliegen sie im Dunkeln, weiter über die Schlucht.

Schließlich kommen sie bis zum Drachental. Auf der weiten, ebenen Grasfläche schlafen viele Drachen. Von überall ist das Schnaufen und Schnarchen der großen Tiere zu hören.

Grüze steuert den Teppich im Niedrigflug. Das hätte er besser nicht tun sollen.

Xantor kann ihn nicht rechtzeitig warnen.

Sie prallen mit voller Wucht gegen einen großen, dunklen Körper. Im Dunkeln sind sie leider gegen einen Drachen geflogen, der nicht geschlafen hat. Alle purzeln vom Teppich auf die Grasfläche.

„Nanu, was war das? Wer seid ihr?", schimpft eine dunkle Stimme. Es ist der alte Drache Aldebard, den Grüze zum Glück kennt.

„Pst, Aldebard, sei leise. Ich bin es Grüze, mit ein paar Freunden." Der alte Drache biegt seinen langen Hals nach unten. Nun ist er näher bei Grüze. Er sieht und hört ihn besser.

„Wieso fliegt ihr hier nachts herum und dann auch noch gegen meinen Bauch?", empört sich der Drache.

„Entschuldige, wir haben einen Nachtausflug gemacht, der Wichtel kann nicht schlafen", erklärt das kleine Gespenst.

„Ach, ich kann auch nicht schlafen. Ich habe schon ganz dicke Augen und Falten drum herum", seufzt Aldebard. Da zieht der Wichtel etwas Zaubersalz aus der Tasche, das hat er noch von Frieda:

„Hier, das hilft. Halte einmal den Kopf herunter, ich streu es dir oben drauf." Rudi streut das Zaubersalz auf Aldebards Kopf.

„Meinst du, es hilft wirklich?", fragt der Drache ungläubig. Doch da wird er auf einmal ganz müde. Sein dicker, großer Körper schwankt hin und her. Grüze, Rudi und Pedro springen zur Seite. Plumps, da liegt der Drache Aldebard im Gras. Er schläft und schnarcht.

Pedro lacht leise: „Das ist ja phantastisch", meint er. „Ja, ja, lasst uns jetzt bloß zurückfliegen. Bevor die anderen Drachen wach werden. Wir haben nämlich kein Zaubersalz mehr", flüstert Grüze.

Dann setzen sie sich alle auf den Flugteppich. Der hebt sich und fliegt über die schlafenden Drachen hinweg in den Zauberwald zurück.

Auf einmal wird der Wichtel hin und her geschüttelt. Jemand rüttelt ihn und Rudi wird wach. Der Traum ist vorbei. Es ist morgens, die Vögel zwitschern.

Rudi merkt, dass er mit Schlafanzug auf dem Schaukelstuhl sitzt. Und vor ihm steht tatsächlich sein Bruder Pedro.

Der Räuber lacht: „Hallo Rudi, was machst du denn hier draußen? Ich will dich heute besuchen."

Rudi wundert sich: „Ich hatte einen ganz wilden Traum." Der Wichtel berichtet seinem Bruder davon, was im Traum passiert ist. Während er die Geschichte erzählt, kommt Grüze auf seinem Flugteppich vorbei. Das kleine Gespenst hält bei den Brüdern.

„Oh, ihr zwei seid so früh schon unterwegs?", wundert sich Grüze. Pedro sieht erstaunt auf den Teppich und ruft:

„Alter Hut und Räuberbein, das soll ein Teppich sein? Der kann ja fliegen. Darf ich da auch einmal eine Runde mitfliegen?"

Grüze ist einverstanden: „Klar, wir können zusammen ein Stück fliegen." Der Wichtel bekommt große Augen und seufzt: „Schon wieder?" Aber es hilft nichts, Pedro und Grüze wollen, dass er mitfliegt. „Na gut", denkt Rudi. „Diesmal bin ich aber wach." Dann setzt er sich und sie fliegen los.

Kapitel 11: Die Sterne lügen nicht

Heute Abend gibt es Wahrsagen bei Frieda im Hexenhäuschen. Die Freunde sitzen im Wohnraum um einen runden Tisch. Darauf liegt eine Kugel aus Glas, das ist Friedas Wahrsagekugel. Damit kann sie in die Zukunft sehen.

Die Freunde sind ganz aufgeregt. Sollen sie sich die Zukunft wirklich vorhersagen lassen? Es könnte in der Zukunft etwas Gutes passieren. Aber wenn es etwas Schlechtes ist, das will doch keiner wissen.

Grüze, das kleine Gespenst, ist mutig:

„Ich glaube nicht an so eine Vorhersage, deshalb habe ich auch keine Angst", ruft Grüze. „Frieda, lass deine Glaskugel sprechen."

„Gut, wenn du willst, fangen wir an", antwortet Frieda. Die Freunde sind jetzt ganz leise und gespannt. Frieda murmelt einen leisen Zauberspruch: „Kugel fein bei Kerzenschein, sage uns, wie wird Grüzes Zukunft sein."

In der durchsichtigen Glaskugel zieht weißer Nebel auf. Und tatsächlich, die Kugel spricht mit dunkler Stimme:

„Höre Grüze, das wird dein Schicksal sein. Morgen wirst du beim Naschen in eine Schale mit frischer Knusperwatte fallen.

Eine Woche wirst du ganz klebrig sein, weil du dich nie wäschst." „Ich bin eben ein süßes Gespenst", ruft Grüze patzig. Aber zugegeben, Grüze war schon öfter ganz klebrig. Beim Naschen schwebt er oft über der Schale und ist manchmal schon hineingefallen.

Für Jutta und Tim hat die Kugel bessere Nachrichten. Die beiden werden in der Schule gute Noten schreiben, aber das haben sie meistens. Trotzdem sind die beiden erleichtert.
Jetzt ist Drago an der Reihe.
Frieda murmelt: „Kugel fein, wie wird Dragos Zukunft sein?"
„Also höre, kleiner Drache", tönt es aus der Kugel: „Du wirst nächste Woche einen Milchzahn verlieren."
„Wie kann die Kugel wissen, dass bei mir schon wieder ein Zahn wackelt?", wundert sich der kleine Drache. Er hat schon einige Lücken im Mund und wartet auf neue Zähne.

Für den Wichtel Rudi gibt es eine gute Nachricht: „Höre, Wichtel. Nächste Woche wirst du ein leckeres Kräuterbier brauen." Das freut den Wichtel, weil er gerne Bier braut.
Neben dem Wichtel sitzt Lisa, die Maus. Auch zu ihr spricht die Kugel: „Lisa, du wirst die ganze nächste Woche oft niesen müssen."

„Oh je", denkt Lisa, aber vielleicht hat die Kugel recht. Bei starken Wind, wird oft viel Staub hochgewirbelt. Dann bleibt die Maus lieber zwischen den Bäumen im Wald.

Jetzt ist noch eine kleine Elfe an der Reihe, sie heißt Holly. „Wie wird meine Zukunft sein", fragt sie schüchtern.

„Ich sehe, du hast Liebeskummer", sagt die Kugel mit dunkler Stimme. „Frage die Sterne, sie lügen nicht."

Die Elfe wird ganz rot im Gesicht. Ja, die Kugel hat recht. Holly ist in den Elfenjungen Biffo verliebt. Aber der weiß nichts davon.

Das ist ein Abend mit viel Information über die Zukunft, finden die Freunde. Sie loben die kleine Hexe Frieda und ihre Kugel. Bevor sie nach Hause gehen, bcdanken sie sich für die Einladung und verabschieden sich dann.

Die kleine Elfe Holly ist traurig. Sie fliegt ganz allein durch den dunklen Zauberwald zu Xantor. Die Eule war bei der Veranstaltung im Hexenhäuschen nicht dabei. Xantor wohnt in einer Baumhöhle, mitten im Wald.

Als Holly dort ankommt, sitzt Xantor auf einem Ast des Baumes. Über ihm leuchten der Mond und die Sterne.

Die Elfe fliegt zu ihm hinauf. „Holly, was
machst du hier, um diese Zeit?", fragt Xantor
erstaunt.

Die Elfe erzählt von ihrem Liebeskummer und
dem Abend mit Friedas Glaskugel.

„Was bedeutet der Spruch: Die Sterne lügen
nicht?", fragt Holly schüchtern.

Xantor, die alte Eule, weiß sehr viel.

„Schau dir die Sterne dort oben genau an", sagt Xantor. „Sie sind wunderschön. Jetzt in diesem Moment, in dem du die Sterne siehst, fühlst du, alles, was von Herzen kommt, ist wirklich und wahrhaftig.

Du spürst die Liebe zu Biffo. Genauso wie du jetzt fühlst, musst du es ihm erzählen. Und wenn er dich auch liebt, werdet ihr euch die Sterne gemeinsam anschauen. Frage ihn einfach und du hast zumindest eine Antwort."

„Ich danke dir für deinen Rat", antwortet die Elfe erleichtert.

„So, Holly, nun kletterst du auf meinen Rücken und ich fliege dich sicher nach Hause zur Elfenwiese. Es ist nämlich schon spät", erklärt Xantor. Ein wenig später fliegen die beiden davon.

Kapitel 12: Rockkonzert im Schloss

Tim sitzt mit seinen Freunden Grüze und Drago im Keller vom Waldhaus. Tim hat eine Idee:

„Lasst uns eine Musikband gründen", schlägt er vor. In der Schule hat er im Musikunterricht gute Noten. Grüze findet die Idee prima.

„Wie wollen wir das machen?", fragt das kleine Gespenst. Drago, der kleine Drache, kratzt sich nachdenklich am Kopf.

Doch Tim hat sich schon alles überlegt und meint: „Wir haben meine Instrumente und ich bringe euch das Spielen darauf bei."

Tim besitzt eine E-Gitarre und außerdem spielt er gern Schlagzeug. Es besteht aus verschiedenen Trommeln, Becken und zwei Stöcken.

Grüze, das kleine Gespenst, ist voller Begeisterung und schwebt zur E-Gitarre:

„Bitte Tim, darf ich damit Musik machen?", ruft Grüze aufgeregt.

Das gefällt Drago gar nicht. „Typisch, du nimmst dir das Beste. Welches Instrument nehme ich dann?", mault der kleine Drache.

Tim lacht: „Für dich habe ich auch etwas." An der Wand im Raum steht eine Art Tisch mit Decke darüber, gegen Staub geschützt. Tim zieht die Decke weg. Drago stapft näher: „Ein kleines Klavier? Ich bin doch kein Mozart."

„Das ist ein Keyboard und gehört eigentlich meinem Vater. Aber du darfst darauf spielen." Tim schaltet das Gerät ein und fährt mit seinen Fingern über die Tasten. Ein cooler Elektro-Sound ertönt.

„Du kannst hiermit von Klassik bis Rock alles spielen. Es hat sogar eingebaute Begleitmusik."
Jetzt ist Drago aufgeregt: „Super, ich bin dabei, lass uns loslegen." So schnell geht das natürlich nicht. Aber Tim zeigt seinen Freunden ganz einfache Fingerübungen und Griffe.
Drago lässt seine Drachenfinger über die Tasten des Keyboards gleiten.
„Ich kann das schon gut." Drago lernt schnell. Dann schaltet er einen Sound mit fertiger Begleitmusik aus dem Gerät dazu.
Tim setzt sich auf den Hocker ans Schlagzeug. Er spielt passend, im Rhythmus zu Drago.
„Drago, ich bin echt stolz auf dich", ruft Tim.

Grüze hört den beiden genau zu. Er geht auf ihren Rhythmus ein und spielt auf der E-Gitarre. Sie probieren ein einfaches, rockiges Stück aus.
„Passt mal auf, was ich mache", sagt Grüze. Er schwebt mit seiner E-Gitarre durch den Raum. Dann dreht er sich in alle Richtungen und wirbelt um sich selbst. Es sieht aus wie auf einer richtigen Bühne.

Die drei Freunde lachen, sie haben viel Spaß.

„Wir könnten ein Konzert für die Bewohner im Zauberwald geben", meint Tim. Grüze und Drago sind begeistert. Tim überlegt:

„Wir treffen uns immer nachmittags und spielen einfache Musikstücke."

Genauso machen sie es. Die drei Freunde üben jeden Tag viele Stunden. Am Ende der Woche sind sie mit ihrer Musik zufrieden.

Sie beschließen, das Konzert bei Grüze im Schloss zu veranstalten. Dort gibt es viel mehr Platz für alle Gäste.

Tims Schwester Jutta schreibt viele Zettel, darauf steht: „Einladung zum Rockkonzert im Gespensterschloss, am Samstag bei Sonnenuntergang."

Die Zettel gibt sie einer Flugtaube. Die fliegt als Briefbote durch den Zauberwald und verteilt an alle Bewohner eine Einladung.

Tim und Drago vereinbaren mit Grüze, dass der Flugteppich für den Tag des Konzertes zur Verfügung gestellt wird. Die Zeit bis zum Konzerttag vergeht schnell, schon ist es Samstag.

Die Freunde stehen vor dem Waldhaus. Sie laden E-Gitarre, Schlagzeug und Keyboard auf den Flugteppich.

„Puh, das ist ganz schön viel Arbeit", meint Grüze. Dann sind sie fertig. Tim und Drago setzen sich neben Grüze. Der Teppich ist jetzt sehr schwer beladen.

„Es kann losgehen", ruft Grüze. Ganz langsam hebt sich der Teppich in die Luft, immer höher hinauf. Grüzes steuert den Teppich über den Zauberwald in Richtung Schloss.

Als sie dort ankommen, sind alle erleichtert. Während des Fluges ist nichts vom Teppich hinuntergefallen. Grüze gibt Anweisungen:

„So, jetzt müssen wir alles in den Schlosskeller tragen. Bitte seid ganz vorsichtig. Passt mit den Geräten bloß auf der engen Treppe auf."

Das ist eine Schlepperei, bis alles im Keller steht. Aber nichts geht kaputt. Auch Drago ist diesmal vorsichtig, als er sein Keyboard die Treppe hinunterträgt.

Dann bauen sie die Instrumente im Keller auf.

Die drei Freunde haben noch Zeit und üben ein paar Musikstücke.

Oh, was kommt da? Der Wichtel Rudi bringt Getränke. Er spendet für heute Abend selbstgemachte Kräuterlimo. Hinter ihm schlurft Frieda mit einem großen Korb herein. Sie hat extra für den Konzerttag gebacken:
„Schaut einmal", ruft sie. „Ich habe Hexenpizza und Pfefferkuchen gebacken."
Das ist eine gute Idee. Sie können den Besuchern heute Abend etwas zu essen anbieten.

Es ist spät geworden, langsam geht die Sonne unter. Die ersten Gäste sind ja schon da, der Wichtel und Frieda.
Da hört man ein lautes Bum, Bum. Der Boden im Keller zittert etwas.
„Oh wie ist das hier eng", ruft die Drachenmutter von Drago und quetscht sich mit ihrem breiten Körper die Kellertreppe hinunter. Unten schnauft sie erst einmal tief.

Hinter ihr fliegen viele kleine Elfen herein. Sie schauen sich im Raum um, dann setzen sie sich auf den Rücken des großen Drachens.
Ein paar große gelbe Augen blicken um die Ecke und Xantor kommt hereingeflogen. Die Eule landet auf der Schulter des Wichtels.

Dann erscheint noch die Maus Lisa zusammen mit Jutta und deren Eltern.

Zusätzlich sind viele andere Bewohner des Zauberwaldes gekommen. Ein paar Fledermäuse sind dabei, die Grasnatter vom Bach, einige Hasen und ein alter, gutmütiger Fuchs.

Grüze, das kleine Gespenst, schwebt zum Mikrofon: „Guten Abend, prima, dass ihr alle gekommen seid. Wir freuen uns sehr. Zu unserem Konzert gibt es auch Getränke und Essen. Viel Spaß beim Feiern im Schloss." Grüze verneigt sich leicht, die Gäste klatschen Beifall. Dann kann das Konzert beginnen.

Die laute, fetzige Musik ertönt im Keller, das ganze Schloss ist erfüllt und erzittert. Die Gäste sind begeistert.

Tim am Schlagzeug, Drago am Keyboard und jetzt fliegt Grüze mit seiner E-Gitarre durch den Raum, wirbelt um sich selbst. Alle applaudieren, ihre Körper bewegen sich im Rhythmus zur Musik.

Die Gäste probieren Kräuterlimo, Pizza und Pfefferkuchen. Es schmeckt vorzüglich.

Die Gäste tanzen gutgelaunt hin und her. Die Eltern von Jutta und Tim tanzen einen Rock`n Roll, alle applaudieren.

Frieda reitet mit drei der Elfen auf ihrem Besen durch die tanzenden Gäste. Xantor wiegt sich im Takt zur Musik und rollt mit seinen Augen hin und her.

Eine Gruppe Elfen fliegt lachend um das Mikrofon herum. Darauf sitzt der Elfenjunge Biffo. Dauernd ruft er in das Mikrofon:

„Sind die alle schön, alles Freundinnen für mich." Die kleine Elfe Holly ist traurig und wütend zugleich. Was macht Biffo da? Sie ist doch in ihn verliebt, aber er schaut nur nach den anderen Elfen. Holly fliegt leise aus dem Raum.

Der Wichtel Rudi ist trotz der lauten Musik in einer Ecke des Kellers eingeschlafen.

Bis weit in die Nacht hinein ertönt die Rockmusik aus dem Schloss hinaus in den Zauberwald. Erst in den frühen Morgenstunden ist nichts mehr zu hören. Oder besser gesagt, fast nichts. Aus dem Keller hört man lautes Schnarchen und sogar Grunzen.
Die Gäste haben es nicht mehr nach Hause geschafft. Sie haben so viel gefeiert und sind im Keller eingeschlafen. Das Grunzen kommt von Dragos Drachenmutter, sie hat wilde Träume.

Auf ihrem breiten Rücken schlafen die ganzen Elfen. Alle anderen Gäste liegen schlafend und schnarchend im Raum verstreut.

Grüze liegt auf seiner E-Gitarre. Er kratzt sich im Schlaf ab und zu, weil ihn etwas piekt. Tim und Drago schlafen unter dem Keyboard.

Nur Holly ist schon längst zur Elfenwiese zurückgeflogen. Sie sitzt auf einer großen Blüte und betrachtet den Sonnenaufgang. Aber sie ist nicht allein, neben ihr sitzt der Elfenjunge Purzel. „Und er ist sehr nett", denkt Holly, „so echt zum Verlieben."

Kapitel 13: Besuch bei Hexe Frieda

Heute sind die Freunde bei Frieda zu Besuch. Sie hat ein kleines Hexenhäuschen direkt neben der Elfenwiese am Zauberwald.
Von dort aus kann sie sich gut auf ihren Besen schwingen und in den Himmel hinauffliegen. So wie bei Flugzeugen mit Start- und Landebahn.

Gerade stehen alle draußen und weil Frieda heute gute Laune hat, gibt sie Flugunterricht auf ihrem Besen. Zuerst steigt Frieda auf den Besen, hinter sie setzen sich Jutta und Lisa, die Maus. Die beiden halten sich jeweils am Vordermann fest.

„Vorsicht, alle übrigen bitte zur Seite gehen, wir starten", ruft Frieda. Der Besen ist schwer beladen mit den dreien und hebt sich vorsichtig in die Luft, höher und höher geht es. Jetzt sind sie über den Baumwipfeln. Wunderschön ist das, alles von oben zu sehen, ein leichter Fahrtwind weht. Sie drehen ein paar Runden über dem Zauberwald und landen wieder.

„Das hat super ausgesehen", ruft Tim ganz begeistert. Jetzt sind er und Grüze an der Reihe, sie klettern auf den Besen. Frieda flüstert dem Jungen die Flugbefehle ins Ohr. Und schon geht es wieder hinauf in die Lüfte. Die anderen stehen unten. Sie sehen einen Jungen und ein weißes Gespenst auf dem Besen am Himmel. Tim steuert sehr gut und der Besen macht brav mit. Einmal dreht sich der Besen sogar und sie fliegen mit dem Kopf nach unten weiter, bloß gut festhalten. Dann landen sie wieder vor dem Hexenhäuschen. Das hat geklappt.

So, jetzt steigen Drago, der kleine Drache, und fünf Elfen auf den Besen. Frieda flüstert ihnen wieder die Flugbefehle zu. Nanu, was ist das? Der Besen versucht abzuheben, kommt leicht vom Boden hoch und sinkt wieder.

„Hm, ihr seid zu schwer", meint Frieda.

„Ich spring ab", ruft eine kleine, zarte Elfe. Der Besen wackelt und zittert leicht, aber nichts bewegt sich sonst. Was ist da zu tun? Nacheinander springen alle übrigen vier Elfen mit ihren kleinen Körpern vom Besen. Aber alles hilft nichts.

Drago, der kleine Drache, ist einfach zu schwer. Traurig steigt er ab und lässt dafür die fünf kleinen Elfen hinauf. Und los geht die Reise, ganz leicht hebt sich der Besen mit den zarten Geschöpfen hinauf in den Himmel und fliegt dort Kurven, Loopings und Figuren. Die Elfen jubeln. So, jetzt aber wieder zurück zu den anderen.

Weil noch genügend Zeit ist, lädt Frieda alle in ihr Hexenhäuschen zu einer Tasse Zaubertee ein. Gemütlich sitzen sie beisammen.

„Was ist das denn für ein Tee?", fragt Grüze, während er aus seiner Tasse schlürft. Frieda lächelt geheimnisvoll:

„Das ist Wunschtee. Wenn ihr getrunken habt, könnt ihr euch etwas wünschen. Es ist aber nur eine kleine Prise Zaubersalz drin. Das bedeutet, der Wunsch geht nur für ein paar Minuten in Erfüllung. Dann ist alles wieder normal."

Die Freunde schauen sich gespannt an, alle trinken von dem Tee. Als Erster wünscht sich Grüze etwas: „Ich möchte riesig groß sein und stark, viel größer als mein Vater."

„Oh je", denkt Jutta. Und richtig, kaum gesagt, da fängt Grüze an zu wachsen. Das kleine weiße Gespenst wird immer größer und größer und wabbeliger. Alle drängen sich in eine Ecke, Grüze ist zu groß für den Wohnraum geworden. Was nun?

Zum Glück weiß Frieda einen Zauberspruch:

„Zu groß, zu wabbelig, aus der Zauber, klein ist schick." Langsam wird Grüze wieder klein und alle haben genug Platz im Raum.

So, jetzt dürfen sich Jutta und Lisa, die Maus, etwas wünschen. Jutta wünscht sich ein wunderschönes, langes Kleid und eine kleine Krone für ihr Haar.

Die Maus wünscht sich einen schwarzen Zylinder, das ist ein hoher Hut für besondere Anlässe, und weiße Handschuhe.

Und schon stehen die beiden in neuer Kleidung im Raum. „Bravo", rufen die Elfen und wünschen sich, dass sie wundervoll singen können. Dann beginnen sie mit einem schönen, alten Lied.

Die Maus mit dem Zylinder verneigt sich vor Jutta. Die beiden tanzen zusammen im Wohnraum, bis die Zauberminuten vorbei sind. Dann tragen sie wieder ihre normale Kleidung. Alle haben gute Laune und warten nun auf Dragos Wunsch.

Der kleine Drache denkt nach und sagt dann ganz feierlich:

„Ich möchte ganz viel rülpsen und pupsen können."

„Ooooh nein", rufen die anderen entsetzt, aber es ist zu spät. Drago rülpst laut und oft, das hört sich so an: „Grmpf, groah, grmpf."

Die Freunde halten sich die Ohren zu. Aber das Schlimmste kommt noch. Drago pupst auf einmal, ganz oft, stark und laut. Also, wer nicht weiß, was pupsen ist, das sind Fürze und sie stinken. Puuuh, die Freunde halten sich die Nasen zu und laufen aus dem Wohnraum nach draußen an die frische Luft.

Aus dem offenen Fenster dringt stinkiger Geruch zu ihnen. Zum Glück dauert der Zauber nur ein paar Minuten. Drago kommt aus dem Haus. Alles ist wieder normal, die Freunde lachen.

So, jetzt ist es aber auch an der Zeit, für jeden nach Hause zu gehen. Sie bedanken sich bei Frieda für den tollen Tag und ziehen los.

Frieda hat allerdings ein Problem, irgendwie ist da noch ein komischer Geruch im Wohnraum und ihr fällt kein Zauberspruch dazu ein. Also beschließt sie, heute Nacht auf einer Matratze vor dem Haus zu schlafen. Es ist Sommer und ein warmer Abend.

Kapitel 14: Grüze und Drago im Drachental

Grüze, das kleine Gespenst, steht mit Drago vor dem alten Schloss.

„Wieso putzt du den Teppich?", fragt der kleine Drache. Grüze wäscht heute den alten Flugteppich.

„Ich will, dass der Staub runtergeht. Dann kann man die ganzen Muster und Farben wieder erkennen", antwortet er.

Grüze arbeitet sehr konzentriert mit einem Schrubber. Immer wieder taucht er ihn in einen Eimer schaumiges Wasser. Grüze schrubbt, rubbelt und schäumt den Teppich richtig ein. Das Teppichpulver und den Eimer hat er von Jutta aus dem Waldhaus bekommen.

So, jetzt ist der Teppich fertig, die vielen alten Muster sind wieder zu sehen. Grüze und Drago machen eine Pause. Sie setzen sich ins Gras und lassen den Teppich in der Sonne trocknen. Der kleine Drache erzählt gerade von einem Erlebnis.

„Ich war im Drachental hinter dem Zauberwald. Da habe ich gezittert. Dort sind viele riesige Drachen. Die wollten mir an den Kragen, aber Aldebard hat mich gerettet. Er hat einfach behauptet, ich wäre sein Neffe. Da haben mich die Drachen in Ruhe gelassen. Jetzt ist er mein Freund", teilt Drago voller Stolz mit.

Grüze hat gespannt zugehört, im Drachental war er noch nie. Er denkt nach: „Wenn es dort so gefährlich ist, sollten wir uns dort nicht sehen lassen."

Dann leuchten Grüzes Augen, er hat eine Idee: „Der Teppich ist fast trocken, wir fliegen eine Runde über das Tal. Dann sehen wir alles von oben und sind nicht in Gefahr."

Drago ist begeistert: „Supi, das wird ein Spaß", ruft er. Und schon sitzen Grüze und Drago auf dem noch nassen Teppich. Langsam hebt er sich höher und höher. Jetzt sind sie über den Baumwipfeln.

„Es kann losgehen", ruft Grüze.

Der Teppich schwebt mit den beiden in Richtung Drachental. Zuerst fliegen sie eine lange Zeit nur über Baumwipfel, aber dann liegt ein weites grünes Tal vor ihnen. Auf der Fläche stehen viele große, dunkle Drachen und futtern Riesengras. Grüze ist ganz aufgeregt: „Das ist ja phantastisch."

Drago nickt. Sie fliegen über die weite Graslandschaft mit den vielen riesigen Tieren. Doch was ist das? Der Flugteppich macht auf einmal ein Geräusch:

„Pft, paff, paff." Im nassen Teppich ist noch Schaum. Durch den Fahrtwind bilden sich hunderte bunte Seifenblasen, die durch die Luft wirbeln. Der Teppich verliert an Höhe und beginnt mit einem Sinkflug. Jetzt sind sie den Drachen schon gefährlich nahe. Sie fliegen auf Kopfhöhe der Drachen und zwischen den langen Hälsen hindurch. Die Drachen schauen erst erstaunt, dann aber grimmig.

Da schnappt plötzlich einer der Drachen nach dem Teppich und hält ihn im Maul fest. Er schüttelt den Teppich hin und her. Grüze und Drago fallen hinunter und purzeln zwischen die Füße der Drachen ins Gras.

Der Anführer der Drachen stampft heran und

rollt mit den Augen. Er betrachtet Drago und Grüze, dann grölt er:

„Aaaaldebard, komm sofort her."

Durch die Menge der großen Tiere trottet der alte Drache Aldebard. Er sieht und hört nicht mehr so gut. Der Anführer ruft laut: „Aldebard, so geht das nicht. Dein Neffe ist schon wieder da. Aber diesmal hat er einen kleinen, weißen Freund mitgebracht."

Aldebard biegt seinen langen Hals nach unten, um besser sehen zu können. Tatsächlich, da sitzt neben Drago auch noch ein kleines, weißes Gespenst im Gras. „Das wird einer von Dragos kleinen Freunden sein", meint Aldebard. Der Anführer ist grimmig:

„So geht das nicht. Das ist ein Drachental, sorge dafür, dass sie hier verschwinden."

Dann schaut sich der Drache den Teppich an: „Diese Schlafmatte sieht bequem aus. Die behalte ich für mich." Er nimmt den Teppich in sein Maul und stapft damit davon. Auch die anderen Drachen entfernen sich wieder und futtern weiter Riesengras.

Aldebard schaut grimmig und erschöpft auf Grüze und Drago. Dann sagt er streng zu dem kleinen Drachen: „Ich habe dir gesagt, du sollst nicht hierher kommen und jetzt schleppst du auch noch einen Freund an."

Drago ist kleinlaut und schielt nach oben:

„Tut mir leid, aber wir wollten nur über das Tal fliegen und nicht landen. Der Flugteppich ist defekt." Aldebard ist erstaunt:

„Die Schlafmatte unseres Anführers ist euer Flugteppich?"

„Ja, und ohne den gehen wir auf keinen Fall nach Hause", seufzt Grüze.

Er braucht eine Lösung. Wie kommen sie wieder an den Teppich? Die drei überlegen hin und her, langsam wird es dunkel.

Oben am Himmel fliegt eine Eule. Es ist Xantor, er sucht nach Grüze und Drago, weil sie Zuhause schon vermisst werden. Jetzt hat er sie erspäht. Die Eule setzt zum Sinkflug an und landet neben ihnen im Gras.

„Xantor, du kommst wie gerufen", freut sich Grüze. Er hat inzwischen einen Plan, die Eule hört aufmerksam zu und nickt. Dann meint Xantor: „Gut, ich werde die kleine Hexe Frieda und ihren Zauberbesen mitbringen." Xantor breitet seine weiten Schwingen aus und erhebt sich in die Luft. Er fliegt Richtung Zauberwald.

Grüze und Drago warten bei Aldebard auf die Rückkehr der Eule. Inzwischen ist es ganz dunkel geworden.

Die vielen Drachen haben sich auf der

Grasfläche schlafen gelegt. Von überall hört man tiefe Atemzüge und Schnarchen.

Endlich kommt Xantor zurück und landet zielsicher im Dunkeln zwischen den Freunden. Nachts sieht die Eule besonders gut. Xantor hat Frieda, die Hexe, geholt. Hinter ihr auf ihrem Flugbesen sitzen Jutta und Tim. Die Kinder aus dem Waldhaus wollen auch helfen.

Sie haben Taschenlampen mitgebracht. Damit leuchten sie im Dunkeln zwischen den schlafenden Drachen hin und her. Die Freunde müssen den Anführer der Drachen finden. Ganz leise und lautlos bewegen sie sich zwischen den riesigen Tieren. Sie sind sehr vorsichtig, damit keines aufwacht.

Endlich haben sie den Anführer der Gruppe gefunden. Er liegt mit seinem dicken Körper laut schnarchend auf dem Flugteppich.

„Oh je, wie kriegen wir den Drachen da runter?", seufzt Grüze.

Inzwischen streut die kleine Hexe Frieda etwas Zaubersalz über den Drachen. Sie denkt angestrengt nach. Dann grinst sie von einem Ohr zum anderen. Ihr ist ein Zauberspruch eingefallen: „Dicker Drache, rolle dich weg, der Schlaf auf diesem Teppich hat keinen Zweck.

Dreh dich um und das sogleich. Im Gras, da liegst du schön und weich."

Sie warten einen Moment. Tatsächlich, der riesige Drache bewegt sich. Er rollt sich im Schlaf auf die Seite und macht laute Schnarchtöne. „Das hätten wir", flüstert Frieda. Grüze und die anderen sind erleichtert.

Der Teppich ist inzwischen auch trocken, aber wird er fliegen können? Da hat Tim vorgesorgt. Der Junge hat aus dem Auto seines Vaters das Abschleppseil mitgenommen. Er befestigt das eine Ende des Seils am Flugteppich und das andere Ende am Stiel von Friedas Flugbesen.

Leise steigen Frieda und die Kinder auf den Besen. Grüze und Drago setzen sich auf den Teppich. Jetzt müssen sie besonders vorsichtig und lautlos sein.

Frieda und Grüze geben gemeinsam leise Flugbefehle. Der Besen und auch der Teppich, beide heben sich höher und höher, in der Mitte ist das Abschleppseil. Jetzt befinden sie sich hoch genug und können über die Fläche mit den schlafenden Drachen schweben.

Xantor fliegt vorne, weil er nachts am besten sehen kann und den Weg findet. So fliegen sie zum Zauberwald zurück. Nach einem langen Flug kommt endlich das Gespensterschloss in Sicht. Vor dem Schloss wartet schon Dragos

Drachenmutter. „Oh je, meine Mutter." Drago ist kleinlaut. Als sie gelandet sind, schaut die Drachenmutter streng auf ihren Sohn:

„Drago, wo warst du? Ab nach Hause."

„Tut mir echt leid, diesmal kann ich nichts dafür", mault Drago, während er neben seiner Mutter stapft und die beiden zwischen den Bäumen verschwinden.

Grüze seufzt: „Es sollte nur ein Kurzflug werden, aber mit dem nassen Teppich kamen wir nicht weiter."

Er bedankt sich bei Xantor und Frieda, der kleinen Hexe. Die muss jetzt aber noch ganz schnell Jutta und Tim auf ihrem Besen nach Hause fliegen und verabschiedet sich.

Grüze ist auch froh, dass der Ausflug gut ausgcgangen ist. Am nächsten Tag arbeitet Grüze am Flugteppich, um ihn wieder in Schwung zu bekommen. Er hat einen alten Eimer geholt. Der ist bis oben voll mit Staub aus dem Schloss. Grüze schüttet den Staub auf den Teppich und verteilt ihn sorgfältig.

„So, das wird reichen", murmelt er. Dieser Flugteppich funktioniert nur, wenn er trocken und sehr staubig ist.

Dann will er einen Kontrollflug machen. Grüze setzt sich auf den Teppich und der hebt langsam ab, immer höher. Jetzt schwebt er über dem alten Gemäuer.

„Er ist so gut wie neu", jubelt Grüze Zum Glück funktioniert der Flugteppich wieder und das kleine Gespenst dreht seine Runden um das Schloss.

Kapitel 15: Die Wichtelmütze

Über den Zauberwald fliegt Xantor. Es ist noch früh am Morgen, aber die Eule ist schon unterwegs. Der Wichtel Rudi hat um Hilfe gebeten, und da ist Xantor gleich losgeflogen. Er landet zielsicher mitten im Wald, am großen Stein.

An der Felswand wächst Efeu, dahinter ist eine Glocke versteckt. Xantor zieht an einem Strick und läutet. Eine vorher unsichtbare Tür öffnet sich im Felsen und der Wichtel steht in der Türöffnung.

„Danke, dass du direkt gekommen bist", freut sich der Wichtel. Er bittet Xantor in seine Wohnung, die Felsentüre schließt sich, und von außen ist nichts mehr zu sehen. Drinnen im Wohnraum ist es gemütlich. Rudi sitzt in seinem Lieblingssessel und Xantor hat sich direkt auf die Sessellehne zu ihm gesetzt.

„Also, es gibt ein Problem", beginnt Rudi.

„Du weißt ja, ich bin ein Wichtel und versuche zumindest überwiegend Gutes zu tun." Xantor schaut den Wichtel mit seinen gelben Augen fragend an: „Sag schon, was bedrückt dich", muntert er seinen Freund auf.

Rudi seufzt: „Ich habe einen Bruder, es ist der Predo. Damals hat er auch im Zauberwald gewohnt. Bis er eines Tages keine Lust mehr hatte, Wichtel zu sein. Er hat seine rote Wichtelmütze abgezogen und ist fortgegangen."

Xantor nickt, an den Pedro kann er sich gut erinnern. Die Eule weiß auch etwas: „Ich habe gehört, dass er jetzt ein Räuber ist. Er haust in einer Räuberhütte in der Felsenschlucht hinter dem Zauberwald."

Der Wichtel ist traurig: „Ja, Predo trägt nun einen schwarzen Räuberhut. Er macht nur noch Unsinn, nimmt Leute gefangen und geht auf Raubzug."

Xantor überlegt: „Rudi, das ist ärgerlich mit deinem Bruder, aber wo ist jetzt das Problem?"

Der Wichtel holt einen Brief: „Den Zettel hat eine Flugtaube vorhin abgegeben."

Xantor liest, was auf dem Zettel steht:

„Hallo Rudi, ich komme heute zu Besuch. Bitte halte auch meine alte rote Wichtelmütze bereit, die nehme ich mit."

Xantor schaut grimmig auf den Brief:

„Ich verstehe jetzt das Problem. Die rote Mütze hat etwas Zauberkraft. Wenn sie in falsche Hände gerät, könnte das schädlich sein."

Der Wichtel nickt: „Sie muss in guten Händen bleiben, um positive Zauberkraft zu entwickeln."

Die Eule meint nachdenklich: „Rudi, gib mir die rote Mütze von Pedro, ich brauche sie für kurze Zeit. Wenn Pedro nachher kommt, halte ihn hin und lenke ihn ab. Ich fliege jetzt los, überlege mir etwas und komme zurück."

„Danke, hoffentlich fällt dir etwas ein", seufzt der Wichtel und übergibt der Eule Pedros Mütze. Er lässt Xantor nach draußen und die Eule fliegt los.

Xantor fliegt zum Waldhaus und landet am offenen Küchenfenster. Die rote Wichtelmütze trägt er in seinen Krallen.

Jutta und ihre Mutter sitzen am Küchentisch. Sie schauen erstaunt auf, als die Eule am Fenster sitzt.

„Nanu, ist etwas passiert?", fragt die Mutter. Sie merkt, dass Xantor sehr aufgeregt ist.

„Noch nicht, aber wahrscheinlich bald", ruft Xantor und erzählt den beiden die Geschichte.

Die Mutter schaut nachdenklich auf die rote Wichtelmütze. Dann sagt sie: „Pedro, der Räuber, darf auf gar keinen Fall diese Mütze zurückbekommen."

Xantor nickt und meint: „Genau und ich habe eine Idee. Wir brauchen eine zweite, falsche Mütze. Die muss genauso aussehen, wie die richtige Mütze."

Juttas Mutter sagt: „Augenblick einmal", dann holt sie einen Koffer vom Dachboden und öffnet ihn. Darin liegen ein paar alte Kleider und Decken. Die Mutter zieht eine rote Decke aus dem Koffer und legt die Wichtelmütze darauf: „Der Stoff sieht fast genauso aus. Ich nähe euch eine zweite Mütze."

Schon nimmt sie eine Schere und schneidet nach Vorlage der alten Mütze aus dem Stoff der Decke eine neue. Dann setzt sie sich an die Nähmaschine, die Maschine summt. Nach einiger Zeit hält die Mutter die neue Mütze hoch: „Sie sieht genauso aus wie die echte. Der Stoff ist nur ein bisschen heller."

Xantor ist sehr erleichtert. Er bedankt sich, nimmt die beiden Mützen in seine Krallen und startet den Flug in Richtung Wichtelhöhle.

Zur gleichen Zeit ist der Räuber Pedro schon bei seinem Bruder am großen Stein angekommen. Nun sitzen sie im Wohnraum und trinken Kräuterbier. Die beiden Brüder mögen sich sehr gern.

Leider trägt der eine einen Räuberhut und der andere eine rote Wichtelmütze. Sie erzählen sich Geschichten aus alten Zeiten. Schließlich hat Pedro auch einmal im Zauberwald gewohnt.

„Warum bist du eigentlich damals so plötzlich von hier fortgegangen?", fragt Rudi seinen Bruder.

Pedro ist einen Augenblick ganz still, dann sagt er: „Ich hatte mich in Xenia verliebt. Sie ist die Räubertochter von Thorso. Das ist der mächtige Räuber, der in der Felsenschlucht hinter dem Zauberwald wohnt."

Das versteht Rudi. „Na klar, der Pedro ist verliebt", denkt der Wichtel. Pedro ist eigentlich gar kein grässlicher Räuber. Der Bruder hatte seine rote Wichtelmütze abgegeben. Er wollte Räuber sein, um in Xenias Nähe zu bleiben.

„Wo ist denn jetzt meine alte Wichtelmütze?" fragt Pedro.

„Wieso brauchst du die Mütze denn jetzt auf einmal? Willst du in den Zauberwald zurückkehren?", erkundigt sich Rudi.

Pedro lacht: „Nein, ich wohne mit Xenia in einer Hütte in der Felsenschlucht. Xenia wünscht sich die Mütze schon lange. Eine rote Wichtelmütze, die ein bisschen zaubert, kann man auch auf Raubzügen gebrauchen."

Da wird von draußen die Türglocke geläutet. Vor der Tür steht Frieda, die kleine Hexe. Xantor sitzt auf ihrer Schulter, in seinen Krallen trägt er eine rote Mütze.

„Hallo Pedro", begrüßt Frieda den Räuber.

„Dein Bruder Rudi hat mir gesagt, dass du deine rote Mütze holen willst. Da habe ich sie für dich gewaschen. Leider ist sie durch die Wäsche etwas heller geworden."

Pedro greift nach der falschen roten Mütze. „Frieda, wie konntest du nur. Lass sehen, sie sieht noch ganz gut aus." Jetzt hat es Pedro aber eilig. Er will so schnell wie möglich zurück in die Felsenschlucht. Pedro verabschiedet sich von seinem Bruder Rudi.

Frieda steht hinter ihm und murmelt ganz leise einen Zauberspruch: „Schwarzer Hut und Räuberbein, Räubersein, das ist nicht fein."

Kaum ist Predo mit der falschen Mütze fort, da fallen sich die Freunde erleichtert in die Arme. Frieda lacht: „Das ging gerade nochmals gut." Pedros richtige rote Wichtelmütze verstecken sie in einer alten Truhe. Rudi seufzt: „Ich wünschte, Pedro wäre wieder ein Wichtel."

Frieda nickt mit dem Kopf und meint: „Das muss er leider selbst entscheiden. Aber vielleicht hilft wenigstens der Zauberspruch von eben. Dann hat er keine Freude am Räubersein."

Und tatsächlich, Frieda behält recht. Als Pedro wieder zu Hause ist, hat er gar keine Lust mehr auf Raubzüge.

Seine Frau Xenia wundert sich: „Was ist los mit dir? Ziehst du nicht mit den anderen Räubern hinaus?"

Pedro schüttelt den Kopf: „Heute nehme ich lieber meine Angel. Ich gehe zum Fluss und angle uns ein paar Fische zum Mittagessen."

Pedro schaut Xenia nachdenklich an und meint: „Weißt du was? Ich würde so gerne Fischer werden. Schon als Kind wollte ich ein Boot haben. Lass uns den Bach am Zauberwald entlang laufen. Dort wo der Bach in den Fluss mündet, bauen wir am Ufer eine neue Hütte."

Xenia antwortet verträumt: „Wie schön, am Fluss möchte ich auch gerne wohnen. Ja Pedro, du kannst Fischer werden."

Kapitel 16: Flohmarkt im Schloss

Grüze und Tim klettern die Treppe zum Schlosskeller hinunter. Das kleine Gespenst ruft: „Heute schauen wir uns unten in den Gewölben um, das wird spannend."

Tim nickt: „Bestimmt finden wir megastarken, alten Krimskrams." Über ihren Köpfen flattert Henry, die Fledermaus.

Die Treppe windet sich in Kurven nach unten.

Endlich sind sie im Gewölbe angekommen. Es riecht muffig und ist dunkel. Tim hat seine Taschenlampe dabei. Überall sind Spinnweben und eine dicke Staubschicht. An der Wand des Kellers stehen große Holztruhen.

Hier lagern die Überreste vergangener Jahrhunderte.

Grüze macht eine der Truhen auf. Was da alles drin ist, Tim staunt: „Schau mal, Grüze, hier sind jede Menge Ketten, Ringe und Armreifen. Es funkelt richtig."

Grüze meint: „Das gehörte alles meiner Urgroßmutter Fredericke Schreck. Sie war nicht nur ein guter Poltergeist, sondern liebte auch wertvollen Schmuck."

Grüze und Tim durchstöbern alle Truhen und wühlen überall ein bisschen. Sie finden Löffel, alte Messer mit Horngriffen, Messingbecher und Samtkleider. Tim zieht etwas hervor:

„Ich habe dies hier gefunden." Er hält einen runden Gegenstand hoch. Grüze erzählt: „Das ist ein Kompass, der gehörte Uronkel Fredo. Er hat ihn benutzt, wenn er mit dem Schiff zur See fuhr. Damit hat er die Richtung der Fahrtroute bestimmt."

Grüze betrachtet den Kompass:

„Wie der wohl funktioniert?"

Tim weiß es: „Schau Grüze, im Kompass sind die Himmelsrichtungen angegeben. Die Nadel in der Mitte richtet sich nach dem Erdmagnetfeld. Sie zeigt immer nach Norden."

Grüze hört Tim aufmerksam zu. Neben dem Kompass liegt eine Papierrolle mit alten Gedichten. Grüze liest ein Stück:

„Oh wehe dem, der ins Gewölbe kommt, als Taugenichts sich in der Schätze Glanze sonnt. Der wird sich leicht verirren."

Tim lacht: „Da haben wir Glück, weil du als Gespenst nützlich bist. Du spukst immer viel und ordentlich." Tim und Grüze schauen sich weiter um, da hinten steht noch die Truhe mit den Goldmünzen, sie ist bis zum Rand gefüllt.

Die Fledermaus Henry hat die ganze Zeit auf Grüzes Schulter gesessen. Aber jetzt langweilt sie sich. Henry hebt seine kleinen Flügel und flattert in der Dunkelheit davon, tiefer ins Gewölbe.

Tim leuchtet mit seiner Taschenlampe hinterher, aber die Fledermaus ist verschwunden. „Lass uns hinter ihr hergehen, vielleicht findet sie etwas", schlägt Grüze vor. Die beiden folgen Henry ins Dunkel. Der Gewölbekeller ist ganz schön verzwickt. Einmal führt der Gang nach links, dann nach rechts, immer in eine andere Richtung.

Endlich haben sie Henry entdeckt. Die Fledermaus hockt auf einem Haufen alter Metallteile.

Es sind die Reste von Ritterrüstungen. Helme, Beinschienen, Harnische und Schilde liegen durcheinander.

„Uih, da sind ja ganz viele Teile, die könnten wir einmal zusammensetzen", ruft Grüze.

Tim nickt: „Das werden wir demnächst machen. Lass uns jetzt wieder zurückgehen. Wir waren schon lange hier."

Henry, die Fledermaus, flattert auf Grüzes Schulter. Tim und Grüze machen sich auf den Rückweg durch das Labyrinth der Gänge.

Grüze murmelt: „Ohne Taschenlampe wäre es hier so düster. Ich würde immer gegen eine Wand schweben oder mich verirren." Die beiden Freunde suchen den Ausgang, aber sie haben die Orientierung verloren.

„Das ist zu dumm", seufzt Tim. Grüze zieht etwas hervor: „Ich habe den Kompass mitgenommen, kann er uns helfen?" Tim denkt nach: „Hm, das Schloss hat zwei Türme. Wir sind vom Südturm aus über die Treppe in den Keller hinuntergestiegen. Ja, lass uns dem Kompass folgen, dann finden wir sicher zurück."

Grüze hält den Kompass mit ausgestreckter Hand und die beiden folgen der angegebenen Richtung.

Jetzt flattert Henry nach vorne und ist wieder einmal weg. Die Fledermaus besitzt ein Ortungssystem, mit dem sie sich zurechtfindet.

Als Grüze und Tim nach langer Sucherei endlich oben im Rittersaal ankommen, hockt Henry schon am langen Tisch. Er futtert ein paar vertrocknete Insekten und schmatzt genießerisch.

Das kleine Gespenst serviert als Essen selbstgemachte Knusperwatte. Das ist seine Lieblingsspeise. Grüze und Tim mampfen mit vollen Wangen.

Grüzes meint: „Wir können ein paar alte Sachen aus dem Gewölbe nach oben holen und verschenken. Vieles brauchen wir gar nicht."

Tim denkt nach: „Lass uns auf dem Innenhof vom Schloss einen Flohmarkt machen. Die Bewohner aus dem Zauberwald kommen her und suchen sich etwas vom Krimskrams aus."

Grüzes ist überrascht: „Das ist eine gute Idee. Wir holen gleich morgen ein paar Sachen aus dem Keller."

Das kleine Gespenst fragt: „Gibt es auf dem Flohmarkt auch echte Flöhe?" Tim lacht und erklärt:

„Früher gab es in Frankreich einen Markt, auf dem alte Kleider verkauft wurden. Da waren Flöhe drin, deshalb heißt es heutzutage immer noch Flohmarkt. In den alten Kleidern aus dem Gewölbe könnten auch Flöhe drin sein."

„Ha, da bin ich aber mal gespannt", ruft Grüze.

Tim meint: „Der Markt wird lustig. Aber jetzt ist es schon spät geworden. Ich gehe nach Hause." Tim verabschiedet sich. Die beiden Freunde verabreden sich für den nächsten Tag.

Da ist Tim bereits ganz früh im Schloss.
Grüze schreibt viele Zettel, darauf steht:
„Heute Nachmittag ist Treffpunkt im Schlosshof. Es gibt dort einen Flohmarkt. Ihr seid alle eingeladen."
Die Zettel übergibt er an einige Flugtauben. Den Tauben erklärt er: „Bitte bringt die Nachrichten den Bewohnern des Zauberwaldes." Die Tauben nicken mit ihren Köpfchen und fliegen los.

Grüze und Tim tragen zusammen den großen Tisch vom Rittersaal hinaus in den Hof. „Uff, ist der Tisch schwer", schnauft Grüze.
Auch Tim hat schon Schweißperlen auf der Stirn. Dann holen sie aus dem Keller viele alte, staubige Sachen.

Grüze legt Schmuck, Essbesteck, alte Kleidung und vieles mehr auf den Tisch.
Tim füllt Körbe mit Metallteilen von Ritterrüstungen.
Er zieht ein paar Teile an und fragt: „Wie sehe ich damit aus?" Grüze lacht:

„Fast wie ein echter Ritter, aber die Rüstung zu groß für dich."

Nachmittags haben sie alles aufgebaut. Grüze ruft: „Es ist soweit." Tim antwortet: „Gut, ich lasse die Zugbrücke hinunter." Die Brücke senkt sich über den Wassergraben. Nun können die Besucher in den Schlosshof gelangen.

Viele sind gekommen und alle sind neugierig. Tims Schwester Jutta ist mit den Eltern da. Das Mädchen findet auf dem langen Tisch eine hübsche Haarspange aus Gold. Die ist mit kleinen Edelsteinen kostbar verziert.
„Ist die aber hübsch", ruft Jutta glücklich und hält die Haarnadel hoch. Frieda, die kleine Hexe, nickt: „Schau mal, ich habe mir ein lila Samtkleid ausgesucht."

Jutta betrachtet die kleine Hexe und fragt: „Frieda, was ist mit dir? Du kratzt dich am ganzen Körper. Juckt dich etwas?" Frieda verzieht das Gesicht und murmelt:
„Ich werde das Kleid wohl waschen müssen. Vielleicht hat es nach der langen Zeit im Keller Flöhe bekommen."
Die Eltern von Jutta und Tim haben auch etwas gefunden. Es ist eine Messinglaterne.
Sie soll später im Dunkeln den Eingang vom Waldhaus beleuchten.

Jutta lacht, als sie die Maus Lisa beobachtet. Die Maus flitzt auf dem langen Tisch zwischen dem Krimskrams hin und her. Sie sucht nach einem neuen kleinen Hut.

Da liegt eine kleine Filzmütze neben ein paar Münzen. Lisa stellt sich vor einen Spiegel und zieht die Mütze an. Aber auf einmal ist die Maus verschwunden.

„Nanu, was ist das denn?", denkt Lisa. Sie zieht die Mütze ab und sieht sich wieder im Spiegel. Lisa überlegt: „Uih, das ist eine Tarnkappe. Wenn ich sie aufziehe, werde ich unsichtbar." Lisa macht sich einen Spaß. Sie setzt die Filzmütze auf und bleibt für den Rest des Tages unsichtbar.

Der Wichtel Rudi schlendert über den Hof. Xantor, die Eule, sitzt auf seiner Schulter. Rudi geht zum Tisch und zieht unter dem Krimskrams eine Tasche hervor. Der Wichtel freut sich: „Schau mal, Xantor, ich habe eine Gürteltasche aus Leder gefunden."

Die Eule denkt nach und meint: „Die Tasche ist gut beim Kräutersammeln im Wald. Da kannst du Pflanzen hineinstecken."

Xantor fliegt auf einen Fenstersims. Von dort kann er alles besser beobachten. Xantor hat gute Augen. Zwischen all den Dingen auf dem Tisch sieht er die Papierrolle.

Die Eule hebt ihre Schwingen und setzt zum Niedrigflug an. Xantor greift mit den Krallen das Papier, dann landet er wieder auf dem Sims. Zufrieden öffnet er die Rolle und liest die alten Gedichte.

Drago, der kleine Drache, und seine Drachenmutter probieren die Knusperwatte.

Da sieht er Grüze. Das kleine Gespenst schwebt an den Körben mit den Rüstungsteilen. Drago stapft hinüber: „Kann ich solch einen alten Helm bekommen?"

„Na klar, wir suchen einen, wo deine Drachennase hineinpasst", ruft Grüze. Nach einigem Anprobieren haben sie den richtigen Helm für Drago gefunden.

„Ich fühle mich schon wie ein Ritter", meint Drago stolz.

Eine ganze Schar kleiner Elfen fliegt aufgeregt über dem langen Tisch hin und her, um alles zu betrachten. Sie entscheiden sich für einen Lederbeutel mit Samen von Riesenwuchs-Blumen. Ob die alten Samen noch keimen? Das wäre prima. Große Wohnblumen sind bei den kleinen Elfen beliebt.

Am frühen Abend ist der Flohmarkt zu Ende. Grüze ist zufrieden. Die Bewohner des Waldes haben nützliche und schöne alte Dinge gefunden.

Dafür lässt jeder etwas als Bezahlung da. Auf dem Tisch vor Grüze liegen ein paar Drachenschuppen von Drago und zwei alte Eulenfedern von Xantor.

Einige Haselnüsse sind von Lisa, der Maus.

Die Elfen haben einen kleinen Haufen Blütenpollen mitgebracht und von Frieda gibt es leckeren Pfefferkuchen.

Der Wichtel Rudi hat Grüze eine Flasche Kräuterlimo überreicht.

Und die Eltern von Jutta und Tim legen einen großen Stapel alter Zeitungen auf den Tisch. Da kann Grüze alle interessanten Meldungen aus neuer Zeit lesen.

Tim verabschiedet sich von Grüze:

„Heute war ein echt cooler Tag, das hat wirklich Spaß gemacht."

Grüze nickt: „Hier, ich habe ein Geschenk für dich." Das kleine Gespenst zieht den Kompass hervor und überreicht ihn an Tim. Der freut sich riesig:

„Danke, Grüze, den Kompass probiere ich gleich aus. Ich gehe jetzt mit Jutta und meinen Eltern zum Waldhaus. Tschüss, bis morgen."

Als alle Waldbewohner das Schloss verlassen haben, zieht Grüze die Zugbrücke über dem Wassergraben am Schloss hoch und sie machen Feierabend.

Kapitel 17: Angriff der Erdmännchen

„Endlich finde ich euch", ruft Xantor ganz außer Atem. Die Eule kommt im vollen Flug an. Die Landung ist so wuchtig, dass sie sich fast überschlägt.

„Was ist passiert? Warum bist du so aufgeregt?", fragt Tim. Er ist am Bach und hält eine Angelrute in der Hand. Neben ihm sitzt sein Freund Drago und schaut ihm beim Angeln zu. Bisher haben sie noch keinen Fisch gefangen.

„Ihr glaubt es nicht", Xantor ist aufgeregt und rollt mit seinen gelben Augen. „Auf der Elfenwiese sind Fremde."

Tim ist erstaunt: „Das kann doch nicht sein." Xantor erwidert: „Ich bin über den Zauberwald geflogen. Als ich zur Elfenwiese kam, war da ein großes Durcheinander. Die ganzen kleinen Elfen flogen verwirrt hin und her. Mitten auf der Wiese habe ich Fremde gesehen. Sie haben angefangen einen Erdhügel zu bauen. Oben drauf steht ihr Chef. Der passt auf, dass alle arbeiten."

Tim und Drago sind aufgesprungen. „Was? Wie sehen die Fremden aus?", fragt Tim.
Xantor erzählt: „Nun, sie haben ein Fell. Es könnten große Mäuse oder Hamster sein, aber

die Ohren sind anders, so mehr seitlich."

„Puh, was sollen das für Tiere sein?", Tim denkt nach.

Drago, der kleine Drache, ist zappelig: „Lasst uns schnell zur Wiese gehen. Die Elfen brauchen unsere Hilfe."

Die drei Freunde machen sich auf den Weg. Sie nähern sich der Wiese, und tatsächlich, in der Mitte ist der neue Erdhügel. Oben steht jemand in aufrechter Haltung.

„Wie kommen die denn hierher?", ruft Tim erstaunt. „Das sind Erdmännchen."

Zuerst einmal beruhigt Tim die kleinen Elfen. Sie fliegen verwirrt und hilflos umher. Schließlich ist ihr Zuhause in Gefahr. Dann geht er mit Drago und Xantor zu den Fremden hinüber.

Das Erdmännchen auf dem Hügel gibt einen lauten Ton von sich. Die übrigen sieben Stück stellen sich neben ihren Anführer.

„Hallo, wir kommen in Freundschaft", sagt Tim. Der Chef der Erdmännchen lacht:

„Ho, ho, prima. Damit ihr gleich Bescheid wisst, wir gehören zum Räuber Thorso. Der regiert in der Felsenschlucht hinter dem Zauberwald. Die Elfenwiese haben wir in seinem Auftrag besetzt."

Jetzt lacht die ganze Gruppe Erdmännchen. Ihre kleinen, scharfen Zähne blitzen. Sie zeigen den Freunden die Krallen an ihren Pfoten. Dann verzieht sich die Gruppe in den Erdhügel. Die Freunde sind wie erstarrt. Das kann doch nicht wahr sein? Oder doch? Tim ist wütend:

„Thorso ist ein mieser Räuber. Und die Erdmännchen arbeiten für ihn." Die Freunde starren auf den Hügel.

Auf einmal steht Frieda, die kleine Hexe, neben ihnen. Sie hat fast bis mittags im Hexenhäuschen geschlafen und alles verpasst.

„Oh nein, die schöne Wiese", sagt sie grimmig. „Wer hat den komischen Erdhügel gebaut?" Die Freunde erzählen ihr, dass Thorso die Erdmännchen gesandt hat.

„Ach du liebe Güte", murmelt Frieda: „Das kann unmöglich so bleiben." Die kleine Hexe denkt nach: „Ich habe eine Idee." Frieda greift in die Tasche ihrer Kleiderschürze und holt eine Handvoll Nüsse und Rosinen heraus. Die legt sie oben auf den Erdhügel.

Frieda streut etwas Zaubersalz darauf und spricht einen Zauberspruch: „Erdmännchen, schlaft ein, esst die Nüsse, das ist fein. Kein Hügel soll auf einer Elfenwiese sein."

Dann verstecken sich die Freunde im hohen Gras am Rand der Wiese. Auch die Elfen sind zu ihnen geflogen. „Hoffentlich müssen wir nicht zu lange warten", mault Drago. „Mit denen würde ich gern einmal einen Boxkampf machen."

Sie haben noch nicht lange gewartet, da schaut der Kopf eines Erdmännchens aus dem Loch, dann krabbelt es ganz heraus.

„Oh, ha", ruft es ganz laut: „Kumpels, kommt aus dem Erdhügel heraus. Die Elfen haben uns etwas zu essen hingelegt. Sie heißen uns damit sicher willkommen."

Die Erdmännchen futtern gierig die leckeren Nüsse und Rosinen. Dann rülpsen sie und legen sich in die Sonne vor ihren Bau, um sich auszuruhen.

„Und was soll das jetzt?", knatscht Drago. „Warte einen Moment ab", murmelt Frieda.
„Die werden gleich fest schlafen." Dann wendet sie sich zu Xantor: „Fliege du los und hole Grüze mit dem Flugteppich."

Die Eule nickt, schon hebt sie ihre breiten Flügel und fliegt über den Zauberwald davon.

Inzwischen beraten Frieda, Tim und Drago, was weiter getan werden kann. Dann hat Tim eine tolle Idee. Sie müssen schrecklich lachen. Wenn das klappt, was sie vorhaben, ist die Elfenwiese gerettet.

Da schwebt Grüze, das kleine Gespenst, auf dem Flugteppich heran. Xantor begleitet ihn.

„Wie kann ich helfen?", fragt Grüze aufgeregt.

Zuerst schleichen alle vorsichtig zum Erdhügel, doch die Erdmännchen schlafen dank Friedas Zauberspruch und dem Zaubersalz tief und fest.

Tim gibt Anweisungen an die Freunde:

„Wir packen uns die schlafenden Erdmännchen. Legt sie vorsichtig auf den Flugteppich."

Grüze und Drago packen jeweils eines der Tiere auf den Teppich. Frieda und Xantor schleppen zusammen eines. Tim packt sich direkt vier Erdmännchen. Er trägt in jeder Hand zwei. Die Gruppe kleiner Elfen trägt das letzte übrige Tier zum Teppich hinüber. So, nun liegen alle acht Erdmännchen auf dem Teppich.

Die Freunde setzen sich daneben. Vorsichtig und schwer beladen geht der Flug los, über den Zauberwald, immer weiter.

Sie fliegen über die Felder und die Landstraße, bis vor eine Stadt mit vielen Häusern. Am Rand der Stadt machen sie Halt. Dort gibt es ein großes, eingezäuntes Gehege. Das ist der städtische Tierpark. Der Teppich senkt sich leise hinter einen Busch.

Die Erdmännchen schlafen immer noch. Sie werden vom Teppich gezogen und an den Busch gelegt. Frieda spricht einen wichtigen Zauberspruch:

„Erdmännchen, vergesst die ganze Räuberei. Wacht auf, seid Tierchen ganz normal und frei."

Dann hebt sich der Teppich und sie fliegen los. Von oben sehen sie, wie die Erdmännchen wach werden und sich verwirrt umschauen.

Wo sind sie?
Grüze lacht: „Ha, ha.
Jetzt sind sie ganz normale Tiere im Zoo, und Besucher füttern sie mit Nüssen
Das geschieht ihnen recht."

Kapitel 18: Schneckenspaß

Lisa, die Maus, huscht flink durch den Zauberwald. Sie ist auf der Suche nach Futter. Geschickt flitzt sie die Baumstämme entlang. Sie schaut in jedes Loch und jede Ritze. An einem Strauch mit Beeren reckt sie sich auf die Hinterbeine und zupft Früchte ab.

Im Moos neben dem Busch sitzt eine Schnecke: „Du hast es gut. So flink wie du bist, überall kommst du hin", seufzt die Schnecke.

Lisa schaut sich um: „Ach, du bist es, Leander, ich habe dich gar nicht bemerkt."
Die Maus rupft Beeren ab und wirft sie der Schnecke zu.

„Danke, um die Mahlzeit zu erreichen, hätte ich einen halben Tag im Schneckentempo kriechen müssen", seufzt Leander. Dann beginnt er, an einer Beere zu knabbern.

Lisa setzt sich zu ihm aufs Moos und betrachtet ihn: „Sag mal Leander, warum bist du so traurig?" Die Schnecke schaut Lisa trostlos an und meint: „Alle sind so schnell und fix. Ich aber bin langsam. Mit mir kann man nichts unternehmen, weil ich so lahm bin. Deshalb habe ich auch nur Schnecken als Freunde."

Das versteht Lisa nicht: „Aber das ist doch gut. Mit den anderen Schnecken kannst du viel Spaß haben. Ich bin auch gern mit anderen Mäusen unterwegs." Leander seufzt wieder:

„Das verstehst du nicht. Ich will auch einmal etwas anderes machen. Ich will nicht immer nur schneckig sein. Du bist auch mit Drago, Grüze oder Frieda zusammen."

Da düst Frieda zufällig auf ihrem Zauberbesen heran und bremst scharf ab. Die kleine Hexe ruft: „Ist das richtig? Habe ich gerade meinen Namen gehört?"

Lisa berichtet: „Hier, die Schnecke ist traurig, weil ihr Leben so langweilig und schneckig ist."

Frieda lacht: „Dem kann abgeholfen werden. Ihr beiden könnt ein Stück mitfliegen." Die Augen von Leander glänzen: „Wirklich, das würdest du tun?", fragt er glücklich.

„Klar doch mach ich das", brummt Frieda. Sie

hebt Leander vorsichtig mit der Hand hoch und setzt ihn auf den Besenstiel. Dann klettert sie mit Lisa hinten drauf. „Festhalten, es geht los", ruft Frieda. Der Zauberbesen hebt sich immer höher, bis er über den Bäumen schwebt. Dann dreht er mit seinen Passagieren Flugrunden über dem Zauberwald. Leander hat sich mit Schneckenschleim auf dem Besenstiel festgeklebt. Er fällt nicht ab.

„Aufgepasst, jetzt fliegen wir auf dem Kopf", ruft Frieda. Sie fliegen ein Stück verkehrt herum. Dann landen sie bei Drago, vor der Drachenhöhle.

Der kleine Drache futtert gerade Riesenklee. Sein Bauch ist schon kugelrund. „Hallo zusammen", begrüßt er die Freunde fröhlich. Leander darf auch etwas vom Riesenklee probieren.

Drago erzählt: „Ich will mit Grüze ein Wettrennen machen. Also, ich renne. Grüze ist ein Gespenst und schwebt. Wer als schnellster über diese Wiese kommt, hat gewonnen."

Frieda lacht: „Das wird ein Spaß. Ich glaube aber, das Gespenst gewinnt. Grüze schwebt superschnell."

„Das werden wir ja sehen", meint Drago grimmig.

Da kommt Grüze mit einer Schar kleiner Elfen herangeschwebt. Die Elfen sind fröhlich. Sie fliegen auf einen umgefallenen Baum. Das sind die Plätze der Zuschauer.

„Wartet einen Moment. Ich bin gleich wieder da", ruft Lisa. So schnell sie kann flitzt sie in ihre Wohnhöhle. Sie holt ihre kleine Tarnkappe. Dann ist sie zurück und meint:

„Leander macht beim Wettrennen mit."
Alle schauen auf die kleine Schnecke.

„Wenn du meinst", sagt Leander unsicher. Frieda zieht mit einem Ast einen Strich in den Sand. „Hier stellt ihr euch auf. Da hinten am Ende der Wiese ist ein Baum. Wer zuerst da ist, hat gewonnen."

Drago, Grüze und Leander stellen sich an den Start. Lisa hat heimlich ihre Tarnkappe aufgesetzt. Jetzt ist sie unsichtbar. Sie hebt Leander auf ihren Rücken.

„Auf die Plätze, fertig, los", ruft Frieda. Das Rennen beginnt. Drago düst los. Er stapft so schnell er kann durch das Gras. Schweißperlen laufen von seiner Stirn. Sein Herz pocht rasend. Doch da schwebt Grüze federleicht heran.

Grüze grinst: „Na Drago, ich flieg mal ein bisschen nach vorne." Dann winkt er und fliegt an Drago vorbei. Doch was ist das?

Die Elfen halten den Atem an und Frieda traut ihren Augen nicht. Es sieht aus, als ob die Schnecke ganz schnell an Drago und an Grüze vorbeiflitzt. Niemand erkennt die unsichtbare Maus mit der Tarnkappe.

Alle sehen nur Leander. Die Schnecke ist als Erste am Baum. „Gewonnen, ich habe gesiegt", ruft Leander und lacht.

„Na so etwas, das gibt es doch gar nicht", murmelt Frieda. Die Elfen klatschen Beifall und spendieren dem Sieger einen Haufen Blütenpollen. Leander ist sehr glücklich. Drago und Grüze liegen im Gras. Sie schnaufen und sind total erschöpft.

Da kommt auf einmal eine fremde Krähe herangeflogen. Sie sieht die Schnecke und denkt an einen Leckerbissen. Im Niedrigflug packt sie Leander mit den Krallen. Sie fliegt mit der Schnecke hoch in die Luft hinauf.

Leander kann sich gerade noch in sein Schneckenhäuschen verkriechen.

„Ach herrje", ruft Drago. Die Freunde sind entsetzt. Gerade will Frieda mit ihrem Besen hinterher. Da kommt die Eule Xantor zufällig angeflogen.

„Xantor, du musst der Krähe dort hinten die Beute abjagen. Es geht um das Leben von Leander", rufen die Freunde.

Xantor erspäht die Krähe und setzt ihr mit seinen gewaltigen Schwingen nach.

Bald schon hat er den Vogel eingeholt. Aber die Krähe will ihre Beute nicht hergeben. Da prallt Xantor mit seinem mächtigen Körper absichtlich gegen die Krähe. Sie taumelt, verliert an Höhe.

Der Vogel lässt Leander fallen und fliegt weg. Noch im Fall fängt Xantor die Schnecke mit seinen Krallen vorsichtig ab. Er bringt Leander zu den Freunden zurück. Ihm ist nichts geschehen. „Bravo, Xantor, das hast du gut gemacht", rufen die Elfen und klatschen. Sie sind immer noch die Zuschauer. Leander hat aber für heute als Hauptdarsteller genug.

„Bitte bring mich wieder mit deinem Besen nach Hause", sagt er zu Frieda.

„Ich bin froh, wenn ich wieder bei meinen Schneckenfreunden bin. Aber ich habe ihnen viel zu erzählen. Ich danke euch für den schönen Tag."

Kapitel 19: Der Sturm

Ein starker Wind rüttelt an den Fenstern des Waldhauses. Jutta schaut nach draußen. Blätter und Äste wirbeln durch den Garten.

Jutta weiß von ihren Eltern, dass es eine Sturmwarnung gibt. Langsam wird es draußen dunkel. Auf einmal hat das Mädchen ein ungutes Gefühl.

„Ob alles mit Lisa in Ordnung ist?", denkt Jutta. Die Zaubermaus wohnt in einer Höhle, im Wurzelwerk eines alten Baumes. Der liegt zwar im Wald, aber noch in der Nähe des Waldhauses.

Jutta zieht ihre Regenjacke an und holt ihre Taschenlampe. Dann geht sie nach draußen. Jutta läuft über den Rasen und klettert über den niedrigen Gartenzaun. Sie bahnt sich den Weg durch die Bäume und Sträucher. Da sieht sie den Baum vor sich. Jutta leuchtet mit ihrer Taschenlampe auf den Eingang von Lisas Höhle. Aber oh je, da liegt ein dicker Ast davor.

„Lisa, wo bist du", ruft Jutta so laut sie kann. Der Wind reißt ihr die Worte aus dem Mund und es hallt durch den Zauberwald:

„Lisa, Lisa." Eine leise Stimme antwortet:

„Hier bin ich." Jutta hält die Taschenlampe nach unten, neben ihren Schuhen sitzt die Maus Lisa. Ihr Fell ist vom Regen ganz nass.

Der Strohhut, den sie immer auf dem Kopf trägt, ist fortgeflogen. Jutta bückt sich und Lisa springt in ihre offene Hand. Das Mädchen setzt die Zaubermaus in die Tasche ihrer Regenjacke.

„So, jetzt aber nach Hause, ins Trockene", seufzt Jutta.

Später sitzen sie mit Tim und den Eltern im Waldhaus beim Abendessen. Lisa knabbert zufrieden an einer Karotte. Der Fernseher läuft, gerade gibt es die Wettervorhersage. Es wird eine Karte gezeigt, auf der viele Wolken, Regen und auch Blitze eingezeichnet sind.

Der Ansager deutet auf ein Gebiet der Karte und erklärt: „Hier, in dieser Region, ist mit Gewitter, starken Windböen und viel Regen zu rechnen."

Tim schaut genau hin: „Wir bekommen den Sturm ab. Laut der Wetterkarte liegen wir mit dem Zauberwald genau in diesem Gebiet."

Jutta schaut zu Lisa und meint: „Du kannst heute Nacht auf der Fensterbank schlafen. Ich gebe dir ein Kissen, da liegst du bequem und kannst nach draußen schauen." Lisa nickt zufrieden, am liebsten ist sie nämlich im Wald.

Zur gleichen Zeit sitzt Drago, der kleine Drache, mit seiner Drachenmutter in der Öffnung ihrer Wohnhöhle. Er hat schlechte Laune und mault:

„Ich könnte doch ein bisschen draußen umherlaufen?" Seine Mutter ist schon ganz grimmig: „Nein und nochmals nein. Du kannst so viel betteln, wie du willst. Heute bleibst du hier."

Der kleine Drache schaut nach draußen. Äste krachen von den Bäumen, der Sturm weht Büsche durch die Gegend. Drago denkt: „Ein kleiner Gang durch den Zauberwald würde mir jetzt Spaß machen. Das wäre aufregend."

Da hoppelt eine große Menge Hasen in die Höhle. Sie haben ein nasses, zerzaustes Fell. Ihr Anführer seufzt: „Wir haben gerade noch das fette Gras gefuttert, da traf uns der Sturm mit voller Wucht. Unsere Höhle ist zu weit weg, deshalb bleiben wir bei euch."

Die Hasen wissen, dass die beiden Drachen nur Riesenklee futtern. Sie haben daher keine Angst, dass sie gefressen werden.

Drago freut sich. Er holt hinten aus der Ecke eine Schachtel. Darin sind Glasmurmeln, die er von Tim geschenkt bekommen hat. „Lasst uns einen Wettkampf mit Murmeln machen. Die Gewinner erhalten eine große Portion Riesenklee."

Die Hasen sind begeistert. Drago und die Hasen murmeln am Eingang der Höhle um die Wette, so können sie auch das stürmische Wetter beobachten.

Der Wichtel Rudi hört von dem ganzen Sturm nichts. Er schläft tief und ruhig in seiner gemütlichen Wohnhöhle hinter dem großen Stein. Dafür trifft der starke Wind auf die Elfenwiese. Die Wohnblumen werden hin und her geschüttelt. Den Elfen ist schon ganz schlecht.

Am Rand der Elfenwiese steht Friedas Hexenhäuschen. Die kleine Hexe schaut aus dem Fenster und murmelt: „Das gibt ein wuchtiges Gewitter. Blitze zucken durch die Nacht, keiner hat da mehr gelacht. Aufgepasst, es kracht."

Jetzt klatscht auch noch der Regen in riesigen Tropfen gegen ihr Fenster. Da klopft es leise an der Haustür, doch Frieda hat gute Ohren. Sie öffnet und vor ihr stehen die ganzen kleinen Elfen. Sie sind patschnass. Jetzt kommt eine Windböe und fegt die ganze Gruppe in die Wohnstube. Die Elfen wirbeln durcheinander und landen auf dem Sofa.

Frieda, die kleine Hexe, nickt: „Bei dem Wetter ist es besser ihr übernachtet hier." „Danke, Frieda", rufen die Elfen und schütteln sich den Regen ab. Für heute haben sie genug. Die Elfen kuscheln sich in einer Ecke zusammen und schlafen ein. Frieda beobachtet das Wetter weiter vom Fenster aus.

Das Gewitter und der Sturm werden immer stärker. Es fallen sogar viele Hagelkörner vom Himmel.

Blitze zucken und es kracht, das alte Schloss im Wald wirkt tatsächlich gespenstisch.
Grüze hat gute Laune. „Das ist richtiges Gespensterwetter", ruft er.
Dann schwebt Grüze durch die Räume. Er spielt mit den drei Fledermäusen fangen.
Dabei verändert Grüze seine Gestalt und sieht nun selbst aus wie eine weiße Fledermaus.

Dann macht Grüze draußen einen Kontrollflug um das Schloss. „Puh", denkt Grüze:
„Es regnet so viel, der Schlossgraben ist bis oben hin voll Wasser. Beim letzten Sturm gab es auch schon eine Überschwemmung", Grüze fliegt ins Schloss zurück und schwebt über die Treppe in die erste Etage Dort ist es trocken und sicher.

Auf einmal hört er ein lautes Krachen aus dem Seitenflügel des Schlosses. Grüze zuckt zusammen und überlegt: „Was war das für ein Geräusch? Es wird das Dach von dem alten Turm sein."
Grüze fliegt zu einer Treppe. Er schwebt den Turm hinauf, immer höher. Oben öffnet er die alte knarrende Tür.

Richtig ein Teil des alten Daches ist eingebrochen. Ein starker Wind kommt ihm entgegen und der Regen klatscht herein.

„Oh je, das muss alles repariert werden", seufzt das kleine Gespenst.

Grüze überlegt: „Ich fliege morgen zu Frieda, der kleinen Hexe und hole sie her. Letztes Jahr hat sie nach dem Sturm mit ihren Zaubersprüchen auch geholfen."

Grüze denkt angestrengt nach. Wie lautete der Zauberspruch vom letzten Jahr? Dann sagt das kleine Gespenst feierlich:

„Donner, Blitz und Dacheinbruch. Das hat uns noch nie genutzt. Alte Steine viel genutzt, seid wieder stark, fliegt an euren Platz zurück."

Da gibt es ein lautes Gerumpel und Getöse. Die alten Steine und Hölzer heben sich in die Luft. Sie wirbeln durcheinander und setzen sich an ihren Platz zurück. Der alte Turm ist wieder repariert.

„Supi, das ist genial", Grüze lacht. Dann schwebt er zurück in die erste Etage.

Xantor sitzt gerade in der Öffnung seiner Höhle, hoch oben im Baum. Die Eule wohnt im größten und dicksten Baum des Zauberwaldes.

Etwas weiter unten hat das Eichhorn seinen Bau. Es schläft trotz des Sturmes tief und fest.

Ganz unten, in der Nähe der Baumwurzeln, lebt der Fuchs in einer Höhlung. Er liegt zusammengerollt an der Öffnung seines Baues. Der Fuchs schaut nach draußen und beobachtet, wie die Äste und Blätter von den Windböen durch die Gegend geschleudert werden.

Langsam wird der Sturm schwächer. Auch der Regen hat aufgehört.
Oben im Baum streckt Xantor den Kopf hinaus. Dann breitet er seine weiten Schwingen aus und hebt sich in die Luft. Er macht einen Kontrollflug über den Wald.

Es ist seltsam still im Zauberwald. Alle haben sich an einen sicheren Ort verzogen und auf das Ende des Sturmes gewartet.
Es ist zum Glück kein großer Schaden entstanden. Ein paar Bäume sind entwurzelt, Äste sind abgebrochen und liegen überall verstreut. Aber sonst ist alles in Ordnung.
Xantor fliegt zurück in seine Baumhöhle.
Er steckt den Kopf unter sein Gefieder und schläft ein.

Bei Sonnenaufgang fangen die Vögel wieder an zu zwitschern. Ein neuer Tag beginnt. Frieda, die kleine Hexe, öffnet die Tür zu ihrem Häuschen.

Der ganze Schwarm kleiner Elfen fliegt lachend ins Freie. Ihre winzigen Flügel glänzen im Sonnenlicht. Zum Glück sind im gestrigen Sturm ihre Wohnblumen auf der Wiese heil geblieben.

Drago und die Hasen schlafen noch am Eingang der Höhle. Sie haben die ganze Nacht den Murmelwettkampf gemacht. Ihre Bäuche sind ganz dick, weil sie so viel Riesenklee gefuttert haben.

Auch Jutta, Tim und Lisa sind schon unterwegs. Sie stehen gerade im Wald vor Lisas Höhle. Jutta und Tim heben den schweren Ast vom Eingang fort. „Danke, dass ihr helft", freut sich Lisa.

Tim überlegt: „Es wird dir nichts anderes übrig bleiben. Du musst dir mehrere Eingänge zu deiner Wohnhöhle graben. Das ist besser bei Gefahr. Normale Mäuse machen das auch." Lisa, die Zaubermaus, nickt und seufzt: „Damit werde ich gleich beginnen."

Jutta hat etwas entdeckt. Es liegt auf dem Waldboden im grünen Moos und glänzt. Das Mädchen hebt drei weiße, glitzernde Körner hoch. Lisa und Tim betrachten die kleinen Brocken.

„Das ist Zauberhagel, den gibt es nur selten.

Du musst ihn in die Sonne legen und dir dabei etwas wünschen. Erst dann schmilzt er", erklärt die Maus.

Jutta ist beeindruckt. Sie schenkt Lisa und Tim jeweils ein Körnchen. So hat jeder von ihnen einen Wunsch frei. Sie setzen sich in die Sonne und denken nach:
„Ich wünsche mir zusätzliche Eingänge für meine Maushöhle", spricht Lisa feierlich. Das Hagelkorn schmilzt im Licht und tatsächlich, als sie nachsehen, sind gleich drei neue Eingänge in der Nähe von Lisas Bau.

„Das ist ja toll", ruft Tim: „Ich wünsche mir eine neue Angelrute." Tim legt das Hagelkorn auf das Moos in die Sonne. Es schmilzt und schon liegt da eine funkelnagelneue Angelrute.

Jutta denkt nach: „Und ich wünsche mir, dass wir alle immer Freunde bleiben und im Zauberwald zusammenhalten." Das Mädchen hält das Hagelkorn in der offenen Hand. Es leuchtet in der Sonne und schmilzt." Die Kinder und die Zaubermaus schauen sich an und lachen. Heute ist ein schöner Tag.

Kapitel 20: Elvis zu Besuch im Schloss

Grüze, das kleine Gespenst, sitzt am Tisch im Rittersaal. Durch das Fenster sieht man die Abendsonne untergehen.

Grüze stopft sich gerade viel Knusperwatte in den Mund. Seine Wangen sind schon ganz klebrig. Auf seiner Schulter hockt Henry.

„Was für ein gemütlicher Abend", sagt Grüze zu der kleinen Fledermaus

Da kommt eine Flugtaube durchs Fenster geflogen. Sie setzt sich mitten auf den Tisch, neben die Knusperwatte. Am Hals trägt sie ein Bändchen mit einem Zettel.

Grüze nimmt den Brief und liest laut vor:

„Hallo lieber Cousin. Ich komme dich besuchen und bin heute bei Mondaufgang da. Bitte hole mich an der alten Kiefer am Heiderand ab. Viele Grüße von Elvis."

Jetzt bekommt Grüze schlechte Laune und mault: „Was? Ausgerechnet mein Cousin Elvis? Muss das sein? Der ärgert mich doch die ganze Zeit. Nur weil er älter ist als ich, weiß er immer alles besser." Das kleine Gespenst denkt nach:

„Hm, heute ist Vollmond. Der Mond geht nach Sonnenuntergang auf. Am besten ich schwebe gleich los und hole Elvis an der alten Kiefer ab."

So macht sich Grüze bei Sonnenuntergang auf den Weg, um seinen Cousin Elvis abzuholen. Er schwebt durch den Zauberwald und kommt am großen Stein vorbei.

Dort wohnt der Wichtel Rudi. Er sitzt draußen im Kräutergarten auf seinem Schaukelstuhl. „Hallo Rudi, einen schönen Abend für dich", ruft das kleine Gespenst.

Rudi nickt ihm freundlich zu, während er seine Pfeife raucht. Grüze schwebt weiter durch den Wald. Es ist schon dunkel, als er an der Elfenwiese vorbeikommt.

Die Elfen schlafen bereits in ihren Blumen. Aber im Hexenhäuschen am Rand der Wiese brennt noch das Licht durchs offene Fenster. Grüze schwebt zum Fenster. Frieda, die kleine Hexe, steht gerade vor einem alten Kochtopf. Mit einem Holzlöffel rührt sie in einer bunten, blubbernden Brühe. Es dampft und zischt aus dem Topf.

Grüze ruft vom Fenster aus: „Frieda, was machst du da?" Die kleine Hexe dreht sich um und grinst: „Ich probiere ein Rezept für einen neuen Zauber aus. Morgen wirst du sehen, was daraus geworden ist."

Grüze ist schon ganz gespannt: „Aaah, supi. Darauf freue ich mich schon. Ich hole jetzt meinen Cousin Elvis ab. Er kommt zu Besuch."

„Alles klar, bis morgen", murmelt Frieda und rührt wieder im Topf.

Grüze schwebt weiter, endlich kommt er zur alten Kiefer. Von weitem sieht er unter dem Baum noch ein kleines, weißes Gespenst. Es schaut nach oben, dort sitzt auf einem Ast die alte Eule Xantor im Mondlicht. Die beiden unterhalten sich gerade.

„Elvis, hier bin ich", ruft Grüze. Das Gespenst dreht sich um und schwebt zu Grüze.

Elvis erzählt: „Ich bin schon früher angekommen. Xantor hat mir in der Zwischenzeit etwas über den Sternenhimmel erzählt."

Dann sagt er grinsend zu seinem Cousin: „Grüze, du bist in der Zwischenzeit aber nicht viel gewachsen."

Grüze verzieht das Gesicht und antwortet: „Klein, aber fein. Niemand muss ein großer Hohlkopf sein."

„Ha, fang bloß keinen Streit an", brummt Elvis. „An mir soll es nicht liegen", ruft Grüze grimmig. Dann schweben die beiden durch den Zauberwald zurück.

Nachher, als sie im Schloss sind, meint Grüze: „Elvis, wenn du willst, kannst im Gästezimmer neben meinem Zimmer schlafen."

Elvis verzieht das Gesicht: „Ach, das muss nicht sein. Ich bevorzuge eines der

Turmzimmer, da oben schläft es sich tagsüber besser."

Grüze ruft: „Hoffentlich regnet es morgen, dann wirst du patschnass. Das Dach ist nämlich kaputt."

Aber Elvis zuckt nur mit den Schultern: „Pah, wir haben eine sternklare Nacht, ohne Wolken. Da gibt es keinen Regen."

„Ah, wo du von sternklarer Nacht sprichst, ich möchte dir etwas zeigen", sagt Grüze geheimnisvoll, „komm einmal mit."
Sie fliegen über einen langen, staubigen Gang. An den Wänden hängen die Bilder der ganzen Vorfahren. Am Ende des Ganges befindet sich eine steile Treppe. Jetzt schweben sie hinauf, immer höher.

Grüze öffnet eine knarrende Tür und sie stehen im Turmzimmer. Dort ist ein seltsames Gerät mit einem Rohr am Fenster aufgebaut. Sie schweben hinüber.

Grüze erklärt: „Das ist ein Teleskop. Ich habe es vom Waldhaus. Der Vater von Jutta und Tim hat es mir geliehen. Mit diesem Gerät kann man den Mond und die Sterne besser beobachten. Es funktioniert so ähnlich wie ein Fernrohr."

Elvis meint: „Pah, dass ich nicht lache. Ich sehe alles auch ohne dieses Gerät gut."

Grüzes antwortet: „Ein Teleskop ist nur viel besser, du kannst alles deutlicher sehen."

Nun schauen sie abwechselnd durch das Rohr des Teleskopes.

Zuerst sehen sie Xantor. Die Eule fliegt nachts und dreht ihre Runden über dem Zauberwald. Dann saust die kleine Hexe Frieda auf ihrem Besen durchs Mondlicht.

Jetzt betrachten sie die Sterne. Die sind mit dem Teleskop viel deutlicher und näher zu sehen als mit dem bloßen Auge.

Da gibt es das Sternbild Kleiner Wagen. Das sind sechs leuchtende Sterne, die einen Wagen mit einer Deichsel bilden.

Grüze betrachtet den letzten Stern des Wagens und sucht mit den Augen einen Stern, der darüber und etwas höher steht.

Da hat er ihn gefunden, es ist der Polarstern. Der Stern befindet sich immer an der gleichen Stelle am Himmel, im Norden. Durch ihn kann man auch feststellen, wo Osten und Westen ist.

Grüze denkt an Uronkel Fredo, der war Seefahrer und musste sich auf dem Meer zurechtfinden.

Doch was ist das? Am Nachthimmel können sie auch ohne Teleskop, nur mit den Augen, einen glühenden Schweif erkennen, der zur Erde stürzt.

Es ist ein Meteorit, ein abgebrochenes kleines Stück von einem Stern. Es fliegt zur Erde und dringt in die Erdatmosphäre ein. Dabei verdampft es und glüht leuchtend auf. Man nennt es auch Sternschnuppe. Wer eine Sternschnuppe sieht, darf sich etwas wünschen.

Elvis ist begeistert: „Ich wünsche mir einen neuen, superschnellen Flugteppich. Den kann ich meinen Freunden zeigen, wenn ich wieder zu Hause bin."
Grüze schaut zum Himmel und wünscht sich ganz leise: „Ich wünsche mir, dass Elvis wieder abreist und ich meine Ruhe habe." Dann wird es Zeit, vom Turm hinabzusteigen.

Der Morgen dämmert langsam, der Tag bricht an. Nach solch einer Nacht gibt es im Rittersaal erst einmal ein Frühstück.

Grüze hat Gespensterbrötchen gebacken. Dazu gibt es Honig und Kaffee aus gekochten Eicheln.

Sie sitzen vergnügt, aber doch müde am Tisch. Da kommt eine Flugtaube, mit einer Botschaft für Elvis durchs Fenster herein.

Elvis liest vor: „Lieber Elvis, ich vermisse dich sehr, komm bitte bald wieder. Deine Freundin Kunigunde."

Elvis bekommt Tränen in die Augen, dann sagt er kleinlaut: „Der Brief ist von meiner Freundin, wir haben uns gezankt. Da bin ich zu dir auf Besuch gekommen."

Grüzes grinst: „Aber jetzt vermisst sie dich. Weißt du was? Du fliegst nach Hause und verträgst dich wieder mit ihr. Ich begleite dich noch bis zur alten Kiefer. Damit du den richtigen Weg findest und dich im Zauberwald nicht verschwebst" Grüze lächelt sein allerschönstes Lächeln.

So starten die beiden kleinen Gespenster vom Schloss aus zur alten Kiefer, die am Rand der Heide steht. Es ist wirklich ein schöner Tag. Grüze ist zwar gespenstermüde, aber er hat gute Laune und pfeift ein Liedchen.

Auch Elvis hat gute Laune. Er erzählt die ganze Zeit darüber, wie wunderschön seine Freundin Kunigunde ist.

Da kommen die beiden an Friedas Hexenhäuschen vorbei. Durch das offene Fenster hören sie Frieda schimpfen:

„Bunter Ball und dickes Ei, was soll die ganze Zauberei?"

Grüze und Elvis schweben ans Fenster.

„Frieda, was ist aus der bunten Wabbelbrühe von gestern geworden?", ruft Grüze.

Frieda steht vor dem Topf und schaut grimmig hinein. Die bunte, klebrige Zauberbrühe ist eingetrocknet. Auf dem Topfboden liegen viele bunte, kleine Bälle.

„Da ist etwas schiefgelaufen", murmelt Frieda. Sie nimmt einen der Bälle aus dem Topf und wirft ihn probeweise durchs Fenster. Der Ball fliegt vorbei an den beiden Gespenstern und landet auf dem Boden.

Er springt ganz oft in die Höhe, hopp, hopp, hopp und verschwindet im Gras. Grüze ist begeistert, er denkt an Jutta vom Waldhaus. Das Mädchen hat einen ähnlichen Ball. Es ist ein springender Flumi.

Mit dem Zauberrezept hat die kleine Hexe Frieda versehentlich eine tolle Erfindung gemacht. Jetzt haben sie eigene Flumis im Zauberwald und die können super springen. Grüze will natürlich bleiben und sich mit Frieda über das Rezept unterhalten.

Aber Elvis denkt nur an Kunigunde und will so schnell wie möglich zur alten Kiefer.
Daher schweben die beiden weiter durch den Wald. Endlich sind sie an dem alten Baum, am Rand der Heide.

Von hier aus kennt Elvis den Heimweg. Er verabschiedet sich von seinem Cousin:

„Halte dich wacker, kleiner Kumpel. Wie es sich für ein Gespenst gehört."

Grüze zieht einen bunten Springball hervor. Er reicht den Ball an Elvis und erklärt:

„Der ist für Kunigunde. Sie wird ihn mögen." Elvis nimmt den Ball: „Ok, wenn du meinst, tschüssi." Damit hebt er sich in die Luft und fliegt davon. Grüze winkt Elvis von unten zu und denkt:

„Gut, dass die Sternschnuppe meinen Wunsch erfüllt hat." Dann schwebt er in den Wald zurück. Er pfeift ein Liedchen, während er zwischen den Bäumen verschwindet.

Kapitel 21: Der Wichtel bei den Räubern

Frieda, die kleine Hexe, fliegt auf ihrem Besen durch den Zauberwald. Sie will Rudi treffen und mit ihm über ein neues Rezept für Pfefferkuchen sprechen.

Der Wichtel wohnt am großen Stein und hat dort einen Kräutergarten. Schon von weitem sieht Frieda, dass die Tür zur Wohnhöhle offen steht. „Da stimmt etwas nicht", ruft Frieda grimmig. Sie bremst ihren Besen genau vor der Tür und springt ab.

Dann betritt sie Rudis Wohnhöhle. Aber der ist überhaupt nicht da. Dafür gibt es ein großes Durcheinander. Der Sessel ist umgekippt. Alles, was im Regal stand, wurde herausgerissen und liegt auf dem Boden.

„Du liebe Güte", stöhnt Frieda. „Das muss einen Kampf gegeben haben. Wo kann Rudi nur sein?" Frieda will ihre Freunde zu Hilfe holen. Sie reißt von Rudis Notizblock kleine Zettel ab. Darauf schreibt sie eine Botschaft:

„Kommt sofort zum großen Stein, der Wichtel ist in Gefahr. Eure Frieda", steht auf den Zetteln. Dann sendet die kleine Hexe die Botschaften mit Hilfe von Flugtauben an alle Freunde.

„Hoffentlich kommen sie bald", denkt Frieda.

„Ich weiß wirklich nicht, was ich machen soll." Sie wartet und wartet.

Endlich fliegt Xantor, die Eule, herein. Hinter ihm erscheint Drago mit einer Gruppe Elfen. Dann hält draußen der Flugteppich. Grüze, das kleine Gespenst, bringt die Kinder Jutta und Tim mit. Auch Lisa, die Maus, ist dabei.
„Schaut euch die verwüstete Wohnung an", schimpft Frieda. Alle starren entsetzt auf die umgekippten Möbel.

„Wo ist der Wichtel?", fragt eine Elfe schüchtern. Die Freunde schauen sich bedrückt und sorgenvoll an. Xantor fliegt nach draußen und ruft: „Kommt alle heraus. Ich habe etwas gefunden." Tatsächlich, auf dem weichen Waldboden sind in der Nähe viele Fußspuren zu sehen.
Tim wundert sich: „Das sind doch Abdrücke von schweren Stiefeln. Wer trägt denn welche?"

Frieda bekommt einen roten Kopf: „Ich könnte platzen vor Zorn", schimpft sie.
„Das können nur die Stiefelabdrücke von Räubern sein. Sie haben Rudi entführt.
Die Bande wohnt in der Felsenschlucht hinter dem Zauberwald."

Drago, der kleine Drache, grölt vor Wut:
„Groah, Groaaah". Er stampft mit den Füßen
auf und ruft: „Denen werden wir es zeigen. Ich
will einen Boxkampf."

Grüze sitzt schon auf dem Flugteppich und ruft:
„Los, kommt alle mit. Wir holen unseren Wichtel
zurück."

Die Freunde setzen sich auf den Teppich.
Jutta sagt zu den vielen kleinen Elfen:
„Ihr bleibt hier." Sie sieht in enttäuschte
Gesichter und erklärt: „Ihr müsst den
Zauberwald bewachen, bis wir zurück sind."

Damit sind die Elfen einverstanden. Der Flugteppich hebt sich langsam über die Bäume. Dann schwebt er über dem Zauberwald in Richtung Felsenschlucht. Frieda begleitet den Flugteppich auf ihrem Besen. Xantor fliegt vorne, mit weit ausgebreiteten Schwingen.

Die Freunde haben tatsächlich richtig geraten. Der Wichtel Rudi sitzt gefesselt in der Räuberhütte. Die Räuber tragen schwarze Hüte. Rudi ist der einzige mit einer roten Wichtelmütze.

Der Räuberhauptmann heißt Thorso. Er steht vor seinen Leuten und schimpft:
„Wozu habt ihr diesen elenden Zwerg aus dem Zauberwald entführt? Das bringt uns nur Ärger." Einer der Räuber ruft: „Chef, wir haben den Zwerg gefangen. Er kann Kräuterbier brauen und uns noch mehr davon machen."
Der Räuber Thorso denkt nach: „Hm, dann haben wir immer etwas zu trinken. Der Zwerg kann uns auch einen Biervorrat kochen. Das Bier verkaufen wir für Geld." Gierig funkeln seine Augen. Jetzt wird der gefesselte Wichtel auch böse: „Ich arbeite nicht für euch, ihr könnt mich mal."
„Was? Wenn du nicht für uns Bier machst, kitzeln wir dich mit einer Gänsefeder, bis du vor Lachen platzt", droht Thorso.

Oh nein, da bekommt Rudi Angst, kleinlaut sagt er: „Also gut, ich braue Kräuterbier für euch. Aber ich brauche die ganzen Zutaten aus meinem Kräutergarten."

„Welche Zutaten brauchst du denn? Wir holen sie dir hierher." Der Wichtel denkt nach:
„Nun, ich brauche junge Brennnessel, Löwenzahn und natürlich Labkraut. Dann benötige ich noch Ingwerzehe, braunen Zucker und Flaschen aus meiner Wohnung."
„Und diese ganzen Pflanzen finden meine Leute in deinem Kräutergarten?", brummt Thorso.
Die Räuber sind nicht so klug, jeder von ihnen merkt sich nur ein Teil, das er holen soll. Insgesamt gibt es in der Felsenschlucht sieben Räuber.
Thorso bleibt allein in der Hütte und bewacht den Wichtel. Die anderen sechs Räuber stapfen den weiten Weg durch den Zauberwald nochmals zurück, um alle gewünschten Zutaten für das Bierbrauen zu holen.

Inzwischen ist es dunkel geworden.
Der Flugteppich gleitet lautlos über die Felsenschlucht und landet hinter der Räuberhütte.
Die Freunde pirschen sich leise um die Hütte bis zum Fenster und schauen hindurch.

Sie sehen den Wichtel Rudi gefesselt auf einem Stuhl sitzen. Der Räuber Thorso sitzt auf einem Stuhl vor ihm.

Frieda macht eine Bewegung in Richtung Tür. „Was hast du vor?", fragt Tim. Frieda flüstert: „Ich gehe da jetzt rein und Xantor kommt mit." Die Eule setzt sich auf Friedas Schulter.

Die kleine Hexe klopft an der Tür und betritt die Räuberhütte. Thorso wirbelt herum: „Was wollt ihr denn hier?" Er mustert Frieda misstrauisch. Frieda lächelt:

„Thorso, ich bringe dir etwas Leckeres zu trinken." Mit diesen Worten zieht sie eine Flasche aus ihrer Kleiderschürze.

„Kräuterbier, her damit", ruft der Räuber gierig. Er reißt Frieda die Flasche aus der Hand. Schnapp, der Verschluss fliegt in die Ecke. Der Räuber trinkt die Flasche mit einem Zug aus. Dann rülpst er. „Lecker, hicks. Hast du noch mehr davon? Oooh, mir wird auf einmal so komisch", ruft er. Dann schwankt er hin und her. Er stolpert und fällt um.

Jetzt liegt er schnarchend neben dem armen Wichtel. „Tja, im Bier war eine Prise Zaubersalz. Der Räuber schläft jetzt ein paar Stunden", erklärt Frieda.

Xantor ist zum Wichtel geflogen. Mit seinem Schnabel pickt er die Fesseln um Rudis Körper herum auf. Der Wichtel rappelt sich hoch:

„Danke", sagt er und gibt Frieda einen Kuss. Die wird ganz verlegen und rot im Gesicht. Dann treten sie aus der Hütte und treffen auf die anderen Freunde.

Alle sind froh, den Wichtel wieder bei sich zu haben. So, jetzt müssen sie aber schnell mit dem Flugteppich in den Zauberwald fliegen.
Sie schweben über der Felsenschlucht und sind bald nicht mehr zu sehen.

Inzwischen warten die Elfen in der Nähe von Rudis Wohnhöhle. Sie sollen aufpassen, hat Jutta ihnen gesagt.
Da knackt es im Gebüsch. Es ist lautes, dunkles Gelächter zu hören.
„Die Räuber kommen zurück", ruft eine Elfe erschrocken. Alle sehen sich entsetzt an. Dann fassen sie einen schnellen Plan. Sie fliegen in

Rudis Wohnung und holen ein altes großes Fischernetz. Die vielen, kleinen Elfen heben im Flug das Netz höher und höher. Zum Glück ist es dunkel und sie sind nicht zu sehen.

„Wo sind wir eigentlich? Wir müssten doch gleich da sein?", fragt einer der Räuber. Sie bleiben zusammen auf einer Stelle stehen und beraten sich.

„Jetzt oder nie, das ist die Chance", denken die Elfen. Von oben lassen sie das große Netz über die Räuber fallen und die sind gefangen.

„Hurra, hurra", jubeln die Elfen.

Da kommt ein großer Drache angestapft. Es ist Dragos Mutter. Sie macht sich Sorgen, weil Drago noch nicht zu Hause ist.

„Was ist denn hier los", schnaubt sie, als sie die gefangenen Räuber sieht. Die Elfen berichten ihr über die Ereignisse. Grimmig brüllt der Drache: „Groah, Groaaah."

Jetzt zittern die Räuber und sitzen brav unter dem Netz. Aber das hilft ihnen nichts. Der Drache packt die Männer im Netz und stapft mit ihnen durch den Zauberwald.

Am Rand der Felsenschlucht macht Dragos Mutter Halt. Mit aller Kraft wirft sie die Räuber im Netz weit über den sandigen Boden.

„Au, oh weh", hört man sie rufen, als sie auf

dem Boden aufprallen. Sie krabbeln aus dem Netz und humpeln jammernd davon. „Das geschieht ihnen recht", brummt der Drache.

Da kommt der Flugteppich mit den Freunden und dem Wichtel angeflogen. Alle freuen sich darüber, dass sie wieder zusammen sind.

Kapitel 22: Wo sind die Elfenkinder?

Die Bewohner der Elfenwiese sind in großer Aufregung.

Die Elfen haben morgens Blütenpollen für das Mittagessen gesammelt. Dann sind sie nach Hause zu ihren Wohnblumen zurückgeflogen. Sie bemerken, dass ihre Kinder nicht mehr da sind. Gezählt werden zehn fehlende Elfenkinder.

„Was sollen wir nur tun?", ruft eine Elfenmutter traurig, die Eltern sind ratlos. Sie haben die Bewohner des Zauberwaldes um Hilfe gebeten.

Frieda, die kleine Hexe, ist zuerst da. Sie wohnt direkt neben der Elfenwiese in ihrem Hexenhäuschen. Rudi, der Wichtel, ist mit Grüze und Drago zusammen gekommen.

Die Eule Xantor, hat Jutta, Tim und die Maus informiert. Die Freunde sind gerade auch angekommen. Alle sind ratlos.

Was ist geschehen? Die Maus denkt nach:

„Wir müssen uns verteilen und in Gruppen nach den Elfenkindern suchen. Sie sind so klein und können noch nicht weit weg sein."

Frieda, die kleine Hexe, hat etwas Zaubertrank in einer Flasche dabei.

„Wer etwas davon trinkt, wird für ein paar Stunden ganz klein", behauptet sie.

„Wir durchsuchen die Wiese."

Jutta, Tim, der Wichtel und Drago trinken etwas von dem Zaubersaft. Frieda murmelt ihren Zauberspruch:

„Von groß zu klein, so soll es sein. Elfengröße, das ist fein."

Kaum gesprochen und die Freunde sind winzig geschrumpft. Sie sind kleiner als Grashalme. Jetzt schließen sie sich mit den Elfeneltern zu einer Suchtruppe zusammen. In kurzen Abständen zueinander beginnen sie, die gesamte Wiese abzusuchen. Das wird eine lange, mühsame Arbeit.

Lisa, die Maus, ist ja schon klein. Sie flitzt in alle Erdlöcher und läuft unter der Erde die vielen Mäusewege ab. Sogar in Felsspalten zwängt sie sich auf ihrer Suche.

Grüze, das kleine Gespenst, fliegt an den Bäumen entlang. Vorsichtig schaut es in ein Baumloch mit Bienen, aber da sind keine Elfenkinder.

Im Krähennest, oben im Baumwipfel, sind sie nicht. Das Eichhorn schüttelt den Kopf, als Grüze nach den Elfen fragt.

Der Specht krallt sich gerade am Baumstamm fest und hackt mit seinem Schnabel nach

Insekten: „Tok, tok, tok", macht es. Auch er hat leider nichts gesehen.

Xantor, die Eule, hat sich in die Luft geschwungen. Mit mächtigem Flügelschlag zieht sie ihre Runden über den Wald. Xantor hat sehr gute Augen und versucht von oben, etwas zu erkunden. Nichts Auffälliges ist zu sehen.

Jetzt fliegt er den Bach entlang und erkennt von oben die Grasnatter. Mit einer gekonnten Landung setzt er neben der kleinen Schlange im Gras auf.

„Hast du vielleicht heute die Elfenkinder gesehen? Wir suchen sie überall", fragt Xantor. Die kleine Schlange nickt und zischt leise:

„Ja, heute Morgen waren hier zehn kleine Personen mit winzigen Flügeln. Sie haben nur Unsinn gemacht. Erst sind sie auf Steinen am Bach balanciert, dann haben sie mich mit Sand beworfen. Als ich gedroht habe, sie zu fressen, haben sie nur gelacht."

Xantor seufzt: „Oh je, wo könnten sie jetzt sein?" Die Grasnatter antwortet mürrisch:

„Die Winzlinge haben eine halbe Nussschale gefunden. Die wurde von ihnen gemeinsam zum Bachufer getragen. Dann haben sie sich zusammen hinein gesetzt und sind mit dem Wasser fortgetrieben."

Xantor bedankt sich für die Auskunft und schon fliegt er los, die Strecke den Bach entlang.

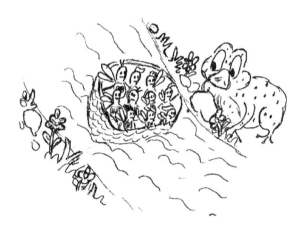

Ja, die Elfenkinder waren heute wirklich frech. Jetzt sitzen sie aber in ihrer Nussschale und die schwimmt mit ihnen den Bach hinunter. Am Ufer sitzt ein dicker Frosch, der sieht die kleinen Leckerbissen. Er verwechselt sie mit Fliegen, die er gerne frisst. Seine lange Zunge schnellt über die Elfen hinweg. Zum Glück trifft die Zunge nicht.

Für die Elfen geht die Reise im Wasser weiter. Sie halten sich krampfhaft fest, die Strömung im Bach wird immer stärker.

Da stupst ein großer Fisch von unten an die Nussschale, sie kippt um und die Elfen landen im Wasser. Mitten im Bach liegt ein dicker Stein. Er ragt wie eine Insel aus dem Wasser. Die Elfen krabbeln hinauf. Da sitzen sie nun ganz nass und zittern. Was soll jetzt aus ihnen werden?

Xantor ist schon weit über den Bach geflogen. Da sieht er die Elfenkinder mitten in der Strömung des Bachs, auf dem Stein kauern.

Vorsichtig fliegt die Eule heran und landet seitlich. Sie schaut die kleinen Elfen verärgert an. „Hab ich euch endlich gefunden", schimpft Xantor. Da fangen die zehn Elfen an zu weinen, das war alles zu viel für sie.

Xantor seufzt, erst sind die Elfenkinder frech. Dann machen sie die Reise in der Nussschale, und nun heulen sie auch noch.

„So, Schluss mit dem Weinen", sagt Xantor grimmig. „Ihr klettert jetzt auf meinen Rücken und ich fliege euch wieder nach Hause."

Die zehn kleinen, nassen Elfen krabbeln über Xantors Flügel auf seinen Rücken.

Dort, zwischen den Federn, der Eule ist es warm, trocken und weich. Sie fühlen sich sicher und geborgen. Xantor hebt seine großen Flügel und schwingt sich in die Luft.

Er fliegt zurück zur Wiese, die Elfen schlafen unterwegs ein. Was für ein Tag, sie sind so müde.

Als die Eule wieder auf der Wiese landet, ist es schon früher Abend. Die Elfeneltern sind sehr glücklich. Sie nehmen ihre schlafenden Kinder von Xantors Rücken und bedanken sich ganz herzlich, bevor sie zu ihren Wohnblumen fliegen.

Die Freunde sind ziemlich erschöpft von diesem anstrengenden Tag und sitzen noch einige Zeit in der Abendsonne vor Friedas Hexenhäuschen, bevor sie auch nach Hause gehen.

Kapitel 23: Auf zum Phönixberg

Jutta und Tim sitzen beim Frühstück. Die Mutter brät Pfannkuchen. Tim hat schon eine Hälfte gegessen. „Prima, heute ist keine Schule. Wir könnten einen Ausflug machen", meint er. Seine Schwester denkt nach:

„Wir unternehmen eine Wanderung zum Phönixberg." Tim findet die Idee gut:

„Ok, ich mache mit. Ich hole unsere Jacken und die kleinen Rucksäcke." Schon ist er zur Tür hinaus, um alles zu holen.

Jutta fragt die Mutter: „Machst du uns etwas zu essen? Für ein Picknick brauchen wir belegte Brote, Äpfel und Limonade."

Die Mutter ist einverstanden: „Ich lege euch das Essen in die Rucksäcke. Ihr müsst aber am späten Nachmittag wieder zurück sein."
Die Kinder nicken.

So, es kann losgehen. Sie laufen über den Rasen vor dem Haus. Dann klettern sie über den Gartenzaun.

Die Kinder tappen einen Pfad entlang in den Wald. Nach einiger Zeit werden die Bäume etwas dunkler, hier beginnt der Zauberwald.

„Wir kommen bei Lisa vorbei. Vielleicht will sie mit", überlegt Jutta. Die Maus sitzt vor ihrer Wohnhöhle unter einem Baum.

Lisa ist begeistert: „Natürlich komme ich mit euch." Sie springt in Tims Jackentasche und schaut mit dem Kopf heraus. Bald erreichen sie auch Friedas Hexenhäuschen am Rand der Elfenwiese. Das Fenster steht offen. Die Kinder schauen hinein. Drinnen steht die kleine Hexe am Kochtopf. Sie rührt emsig mit dem Holzlöffel. Rauchschwaden steigen zur Decke.

Der Wichtel Rudi ist auch da. Er wirft ein Paar Kräuter in den Topf.

„Was macht ihr da?", will Jutta wissen. Frieda blickt auf: „Wir kochen neuen Wunschtee. Er ist schon fertig." Der Wichtel füllt den Tee aus dem Topf in eine kleine Flasche.

Tim fragt: „Wollt ihr mitkommen? Wir machen eine Wanderung zum Phönixberg." Frieda und Rudi sind gleich dabei. Frieda zieht nur schnell ihre Pantoffeln aus und schlüpft in Bergstiefel.

„Dürfen wir auch mit?", fragen fünf kleine Elfen. Sie sind von der Wiese herangeflogen. Ihre kleinen Flügel glänzen im Sonnenlicht.

„Natürlich dürft ihr mit", meint Jutta. Die Elfen jubeln und fliegen voran. Die lustige Gruppe zieht durch den Wald.

Am Bach treffen sie auf Grüze und Drago. „Wollt ihr mit auf unsere Wanderung kommen?"
Das kleine Gespenst hat gute Laune: „Supi, ich

wollte schon immer zum Phönixberg."

Drago, der kleine Drache, verzieht das Gesicht: „Och, stundenlang durch den Wald latschen. Das ist doof."

Aber die anderen rufen: „Drago, komm mit."

„Also gut", murmelt der kleine Drache. Er stapft hinter den anderen her in den Wald. „Schaut mal, der letzte Sturm hat ein paar Bäume ausgerissen", sagt Tim. Er klettert mit Jutta auf umgefallene Baumstämme. Dort balancieren sie vorsichtig. Lisa, die Maus, flitzt auf den Stämmen hin und her.

Inzwischen sammeln Frieda und Rudi Blaubeeren. „Da backen wir zu Hause Blaubeerkuchen", meint Frieda.

Und wo sind die anderen aus der Gruppe? Grüze und Drago verstecken sich hinter Bäumen. „Pass auf, Drago. Ich werfe jetzt", ruft Grüze. Er schleudert ein paar Tannenzapfen an Drago vorbei. „Pass selber auf", antwortet Drago. Sein Kopf schaut kurz hinter einem Baum hervor. Er wirft viele Zapfen in Grüzes Richtung. Aber paff, da trifft ihn ein Zapfen genau auf der Drachennase.

„Ich hab dich getroffen", lacht Grüze. Drago reibt sich die Nase: „Au, meine Rübe. Ich habe keine Lust mehr."

Die kleinen Elfen fliegen lachend hin und her.
Sie spielen Fangen rund um die Bäume.

„Lasst uns weiter gehen", ruft Tim.
Dann zieht die Gruppe weiter durch den Wald.

An einem Bach ziehen sie Schuhe und Strümpfe
aus. Sie waten durch das kühle Wasser.

Grüze, das Gespenst, schwebt über dem
Wasser. Am Ufer setzen sie sich ins Gras und
machen ein Picknick.

„Eure Mutter hat zum Glück viele belegte
Brote gemacht", lobt Drago. Er hat großen
Hunger und mampft mit vollen Wangen.

Die Elfen fliegen auf Rudis Schulter. Sie sind
müde und bleiben dort einfach sitzen.

Rudi hat seine neuen Stiefel neben sich gelegt. Da hören sie auf einmal laute Schritte und Schnaufen. Es macht bum, bum, bum.

Alle schauen sich entsetzt an. „Oh je, der Riese Girbel", flüstert eine Elfe erschrocken.

„Der schläft sonst immer im Frühjahr in seiner Höhle. Er wacht erst zum Sommer auf", meint Frieda grimmig.

Da kommt eine riesige Gestalt auf sie zu. Der Riese ist schon sehr alt. Er hat lange weiße Haare und ein runzeliges Gesicht. Auf dem Kopf trägt er einen Schlapphut. Aber seine Stimme ist laut und dröhnend. Böse ruft er:

„Was macht ihr hier in meinem Waldbereich? Hier habt ihr nichts zu suchen." Die Stimme ist so laut, alle halten sich die Ohren zu.

Drago, der kleine Drache, streckt sich in die Länge. Er ruft so laut er kann: „Entschuldige, Girbel. Wir machen hier nur eine Pause, dann wandern wir weiter zum Phönixberg."

Der Riese schaut böse auf die Freunde hinunter. Dann sieht er Rudis Schuhe und murmelt: „Neue Stiefel, wenn die nicht zu klein wären. Ich würde sie mitnehmen."

Frieda schaut auf die alten zerlumpten Schuhe des Riesen. Da hat sie eine Idee:

„Girbel, wenn du freundlich zu uns bist, dann erhältst du neue Stiefel."

„Ha, ha, ha", lacht der Riese: „Ein böser Scherz, das zahl ich euch heim", droht er. Aber Frieda streut über die kleinen neuen Stiefel von Rudi Zaubersalz. Dann spricht sie einen Zauberspruch: „Aus zwei wird vier. Von klein nach groß, so soll es sein."

Es macht paff und schon steht da ein riesiges neues Paar Stiefel. Der Riese traut seinen Augen nicht:

„Danke. Ich danke dir, neue Stiefel. Ihr habt einen Wunsch frei", freut sich der Riese.

Grüze sagt schnell: „Girbel, bei Gelegenheit werden wir dich daran erinnern."

Der Riese nickt, dann zieht er die neuen Stiefel an. Zufrieden geht er davon. Die alten riesigen Schuhe lässt er einfach stehen. „Uff, da hatten wir Glück und einen Zaubertrick", murmelt Frieda.

„Wir sollten weitergehen. Hier ist so ein starker Gestank von alten Riesenschuhen", schnauft Drago und hält sich die Nase zu. So zieht die Gruppe weiter durch den Zauberwald. Bald haben sie den Berg erreicht.

Sie müssen nur noch über die Schlucht und den Fluss auf die andere Seite. Aber da sehen sie, dass die Hängebrücke an einer Stelle kaputt ist.

„Und was machen wir jetzt?", fragt Jutta. Alle schauen enttäuscht auf ein zerrissenes Seilstück in der Mitte. Das wäre zu gefährlich, hinüberzuklettern.

Grüze hat eine Idee. Er kann sich doch verwandeln. Das kleine Gespenst schwebt über die Hängebrücke, bis zu der kaputten Stelle. Grüze verwandelt sich in ein weißes Stück Seil. Dann knotet er sich selbst als Halteseil an die Hängebrücke.

Die Freunde jubeln. Jetzt können sie auf die andere Seite der Schlucht gelangen. Einer nach dem anderen klettert vorsichtig über die Brücke. Zuletzt kommt Drago.

„Pass bloß auf, wo du hintrittst", meint Grüze. Der kleine Drache stapft langsam über die Brücke. Drago wackelt auf den Holzplanken bedenklich hin und her. Unter ihm ist der Fluss. Aber dann hat er es geschafft. Zum Schluss schwebt Grüze über die Brücke. Jetzt sind alle auf der anderen Seite der Schlucht.

Die Gruppe macht sich wieder auf den Weg. Sie sind fast am Ziel. Endlich sind sie am Berg angekommen. Da sehen sie ein großes Stück Felsen. „Der Felsen ist vom Berg abgebrochen und auf den Weg gerollt. Jetzt kommen wir nicht hinauf", meint Tim.

Lisa schaut aus Tims Jackentasche hervor und sagt: „Oh, wie schade."

Dann stößt die Maus auf einmal einen grellen Pfiff aus. Ihr Pfeifen ist durch den ganzen Wald zu hören. Da macht es wieder bum, bum, bum und mit schweren Schritten nähert sich Girbel, der Riese.

Mit dröhnender Stimme fragt er: „Was ist los?"

Lisa piepst so laut sie kann: „Bitte räume den Felsen weg, wir möchten weiter."

Der Riese blickt auf den Felsen:

„Gut, ihr habt ja einen Wunsch frei. Ich helfe euch." Er krempelt die Ärmel von seinem Hemd hoch. Dann drückt und schiebt er mit ganzer Kraft. Schweißperlen stehen auf seiner Stirn. Endlich bewegt sich das Felsstück und poltert mit einem Krachen ins Tal.

Jetzt ist der Weg zu sehen, ein schmaler Pfad, der nach oben führt.

„Danke, Girbel", rufen alle. Der Riese winkt ihnen zu und entfernt sich wieder mit großen Schritten.

Als er nicht mehr zu sehen ist, klettern die Freunde den Berg hinauf. Immer weiter windet sich der Pfad in die Höhe.

Die Gruppe ist schon ganz außer Atem, so anstrengend ist die Kletterei.

Da kommen sie endlich oben auf dem Berg an. Aber was ist das?

Die Freunde sind erstaunt, oben auf dem Gipfel sitzt bereits Xantor. Die Eule unterhält sich mit dem Vogel Phönix. Der Adler wohnt hier oben. Von hier aus hat er einen guten Blick über das Tal.

„Xantor, was machst du hier?" fragt Grüze. Die Eule schaut auf die Freunde:

„Was wohl? Heute mache ich einen Ausflug auf den Berg. Ich besuche meinen Freund Phönix."

Die Freunde lachen. Sie setzen sich ins Gras und genießen den Ausblick. Tim holt die Reste der Brote aus dem Rucksack und teilt sie mit den anderen. Die Freunde erzählen Xantor und Phönix von ihren Erlebnissen. Die Zeit auf dem Berg vergeht viel zu schnell.

Am frühen Nachmittag brechen sie auf und machen sich auf den Heimweg. Diesen Tag behalten sie noch lange in Erinnerung.

Kapitel 24: Das Drachenei

Frieda, die kleine Hexe, fliegt mit ihrem Besen durch den Zauberwald. Auf einer Lichtung, zwischen den Bäumen, sieht sie Xantor. Die Eule hockt auf einem riesigen grünen Ei.

Frieda bremst ihren Besen und springt ab.

„Xantor, was machst du da?", fragt die kleine Hexe neugierig.

„Ich bekomme ein Junges und brüte es aus", erklärt Xantor. Frieda betrachtet die alte Eule, die oben auf dem Riesenei sitzt und sich nicht von der Stelle rührt. Auf einmal muss Frieda schrecklich lachen.

„Ha, ha, ha. Entschuldige, alter Freund, aber du siehst auf dem Ei zu komisch aus." Die kleine Hexe hält sich den Bauch vor Lachen.

Xantor ist beleidigt. „Ich habe das Ei hier gefunden. Es lag ganz allein im Gestrüpp."

Da kommen Tim und Drago durch den Wald geschlendert. Die beiden waren am Bach Fische angeln. Durch Friedas lautes Lachen wurden sie angelockt.

Drago, der kleine Drache, kratzt sich nachdenklich am Kopf und meint:

„Xantor, aus dem Riesenei krabbelt später sicher eine Rieseneule."

Die ist dann zehnmal größer als du." Dann lacht Drago auch. Nur Tim bleibt als Einziger ernst. Er sucht den Boden rund um das Ei ab. Dann ruft er:

„Schaut einmal her. Hier sind riesige Fußabdrücke. Von welchem Tier können die sein?" Frieda und Drago betrachten die großen Abdrücke im weichen Waldboden.

„Hm, die sind wahrscheinlich von einem großen Drachen", meint Frieda.

Tim denkt nach: „Hier im Zauberwald gibt es doch nur Drago und seine Mutter. Alle anderen Drachen leben auf der weiten Grasfläche im Drachental."

Drago hat eine Idee. „Wenn Xantor auf dem Ei sitzen bleiben will, lasst ihn doch. Wir gehen hinter den Spuren her. Dann finden wir heraus, von wem das Ei ist."

„Prima, die Idee ist gut", meint Tim. Daher machen sich Tim, Frieda und Drago auf den Weg. Sie verfolgen die riesigen Spuren bis zu einem Abhang. „Komisch, hier hören die Spuren auf." Tim ist überrascht.

„Das große Tier kann sich doch nicht in Luft auflösen", staunt Drago. Die drei Freunde stehen am Hang und schauen über das Tal.

Es sind nur Bäume zu sehen. Frieda, die kleine Hexe, schaut Drago an: „Ich glaube, es ist ein Drachenei. Drago, wir bringen es deiner

Mutter." Drago ist begeistert. „Supi, ich wollte schon immer Geschwister haben."

Frieda klettert auf ihren Besen und sagt bestimmend: „Tim und Drago, ihr geht zu dem Riesenei zurück. Dort wartet ihr. Ich fliege auf meinem Besen zum Gespensterschloss und hole Grüze, mit seinem Flugteppich."

Die Freunde sind einverstanden. Während Frieda Hilfe holt, werden sie bei dem Riesenei warten.

Die Zeit vergeht. Endlich kommt Frieda zurück. Sie hat Grüze mitgebracht. Das kleine Gespenst sitzt auf seinem Flugteppich.

„Was soll das alles?", fragt Xantor argwöhnisch. Die Eule sitzt immer noch auf dem Ei und brütet.

„Xantor, jetzt komm da herunter", kommandiert Frieda. „Wir bringen das Ei zu Dragos Mutter in die Höhle." Xantor verzieht das Gesicht:

„Nein, ich bleibe oben", ruft er bockig.

Tim erklärt beruhigend: „Xantor, du bist zu klein zum Brüten. Dragos Mutter ist viel größer und in der Höhle ist es sicher."

Das muss Xantor leider zugeben. Seufzend flattert er auf Friedas Schulter. Tim hat zum Glück ein Stück Seil dabei. Das binden sie um das Riesenei. Dann ziehen und schieben die

Freunde das Ei ganz langsam auf den Flugteppich. So, endlich geschafft.

Grüze, Tim und Drago setzen sich zu dem Ei auf den Teppich und halten es fest. Dann hebt sich der Teppich ganz langsam höher, bis über die Baumwipfel. Vorsichtig starten sie zum Flug in Richtung der Wohnhöhle. Frieda fliegt auf ihrem Besen neben ihnen. Xantor breitet seine weiten Schwingen aus und fliegt vorne.

Dragos Mutter macht große Augen, als der Teppich vor der Wohnhöhle landet. Drago klettert hinunter und ruft: „Hurra, ich bekomme Geschwister."

Die Drachenmutter schaut auf das Ei.

„Woher habt ihr das denn?" Xantor plustert sich auf und erklärt:

„Es lag allein im Gestrüpp. Ich bin zu klein zum Brüten, deshalb bringen wir es dir." Die Drachenmutter betrachtet die kleine Eule.
Auf einmal muss sie lachen und meint:

„Oh je, ein zweites Drachenkind und ich weiß nicht, was aus dem Ei schlüpft. Aber, na gut, bringt es in die Höhle."

Die Freunde rollen das große Ei gemeinsam, ganz vorsichtig in die Höhle. Dragos Mutter hebt es auf einen Haufen Stroh.

Dann legt sie ihren großen Drachenkörper drum herum. Jetzt sind alle zufrieden. Das Ei ist in Sicherheit.

Frieda und Xantor verabschieden sich. Sie wollen am nächsten Tag wiederkommen. Auch Grüze sitzt schon auf seinem Flugteppich. Er bringt Tim nach Hause.

Als die Freunde fort sind, setzt sich Drago neben seine Mutter. Er streichelt das Ei und flüstert: „Ich freue mich schon auf dich. Hoffentlich kommst du bald heraus." Dann ist Drago müde und schläft ein.

Die nächsten Tage über kommen die Freunde regelmäßig zu Drago. Aber in dem Ei rührt sich nichts. Dann, eines Tages, als alle gerade um das Ei herum sitzen, klopft es von drinnen. Es gibt ein Geräusch, das hört sich wie tok, tok, tok an. Alle warten gespannt.

Drago hüpft vor Aufregung von einem Bein aufs andere. Da gibt es einen Riss im Ei und dann noch einen Riss. Die obere Kappe des Eies bricht ab.

„Ohhh", rufen alle. Sie sehen zwei große Augen und eine Nase mit Horn. Dann kommt ein langer, dünner Hals auf einem kleinen, schuppigen Körper zum Vorschein. Ein kleines Drachenkind krabbelt aus dem Ei.

Es schaut die vielen Besucher an. Dann ruft es: „Gruh, Gruuuh". Es kuschelt sich an Dragos Mutter.

Drago betrachtet das kleine Drachenkind und meint: „Ist das niedlich. Aber es sieht gar nicht so aus wie ich. Das hat ja Flügel und ich habe keine."

Dragos Mutter nickt: „Das ist ein kleiner Flugdrache. Es ist übrigens ein Junge."

„Ich mag ihn sehr. Er braucht einen Namen", meint Drago. Sofort fangen alle an zu überlegen.

„Wir nennen ihn Pollux", schlägt Xantor vor.

Frieda schüttelt den Kopf und entgegnet:

„Ich finde Rasputin gut."   „Nöö, och. Wir nennen ihn Knuddel", schlägt Jutta vor.

„Typisch Mädchen", ruft Grüze. Das kleine Gespenst will einen anderen Namen:

„Wir nehmen als Name Poldi."

Jetzt stapft Drago mit den Füßen auf.
Der kleine Drache ruft: „Groah, Groaaah.
Es ist mein Brüderchen. Ich bestimme seinen
Namen. Der Drache wird später große Flügel
haben und ein klasse Flieger sein. Ich gebe ihm
den Namen Düsenjet."

„Waaas? Oh nein", rufen die anderen. „Doch,
der Name bleibt, Ende mit der Diskussion",
bestimmt Drago grimmig.

Die Drachenmutter seufzt: „Drago, wie
kommst du denn auf den Namen?"

Drago schaut seine Mutter stolz an und
antwortet: „Tim hat mir von einem tollen,
schnellen Flugzeug erzählt. Mein neuer Bruder
soll genauso heißen."

Alle schauen Tim an. Der grinst über beide
Ohren und meint: „Der Name ist doch prima."

Frieda zieht aus der Tasche ihrer Schürze ein
paar selbstgebackene Pfefferkuchen. Sie hält die
Kuchen vor Düsenjets Nase. Das Drachenkind
schnuppert und knabbert daran. Dann frisst es
das Gebäck auf. Frieda freut sich und klettert
auf ihren Besen.

„Ich fliege nach Hause. Dann backe ich neue
Pfefferkuchen und bringe sie mit."

Schon hebt ihr Besen ab und sie düst davon.
Drago kratzt sich am Kopf.

„Och Pfefferkuchen, bestimmt mag Düsenjet auch den Riesenklee, der vor der Höhle wächst."

Schnell läuft Drago nach draußen und holt einen Haufen Klee. Den hält er dem Drachenkind vor die Nase.

Aber Düsenjet presst den Mund zusammen und schüttelt den Kopf. Da kriecht zufällig ein Riesenregenwurm vorbei. Schnapp, macht es und Düsenjet stopft sich den großen Wurm in den Mund. Er kaut mit vollen Wangen.

„Igitt, pfui", ruft Jutta und schüttelt sich. Auch Drago und seine Drachenmutter schauen betroffen auf Düsenjet. Sie sind Vegetarier und fressen nur Klee, Hafer und Löwenzahn.

„Oh je, er kann doch nicht nur von Pfefferkuchen leben. Jetzt müssen wir ihm auch noch Riesenwürmer besorgen", seufzt Dragos Mutter.

Jetzt will Jutta aber nach Hause. Sie tippt Grüze auf die Schulter. „Bitte fliege mich auf dem Teppich zum Waldhaus zurück.

Die Sache mit dem Wurm hat mir gereicht. Tim kann gleich mitkommen, es ist schon spät."

Grüze nickt: „Geht in Ordnung. Setzt euch auf den Teppich. Ich bringe euch nach Hause."

Als die drei fort sind, murmelt Xantor:

„Ich bleibe heute bei euch. Schließlich habe ich beim Brüten mitgeholfen."

Xantor fliegt auf einen Baum am Höhleneingang. Von seinem Ast aus kann er Düsenjet beobachten.

Der kleine Drache kuschelt sich an die Drachenmutter und schläft ein.

Am nächsten Tag ist Düsenjet schon früh wach. Der kleine Drache hat Pfefferkuchen zum Frühstück bekommen. Jetzt hüpft er vor der Höhle und schwenkt seine Flügel auf und ab.

Drago betrachtet ihn: „Was soll das? Was macht er da?"

„Er versucht zu fliegen. Ich mache es ihm einmal vor", erklärt Xantor. Dann breitet er seine Schwingen aus und hebt mit dem Körper ab. Elegant fliegt er einige Runden.

Düsenjet beobachtet die Eule, immer wieder versucht er, mit den Flügeln vom Boden abzuheben. Aber es klappt nicht.

Drago schaut seine Mutter an. Doch die Drachenmutter ist ratlos: „Wir sind keine Flugdrachen. Das Fliegen können wir ihm nicht beibringen." Drago setzt sich ins Gras. Dann sagt er traurig: „Düsenjet futtert gerne

Riesenwürmer und er ist ein Flugdrache. Ich glaube, er gehört ins Drachental."

Drago denkt an seinen Freund, den alten Drachen Aldebard. Der lebt mit vielen anderen Drachen im Drachental. Drago denkt auch an Eckbert, den Flugdrachen. Dann schaut er seine Mutter an und seufzt:

„Ich glaube, Düsenjet wird sich im Drachental wohl fühlen." Da kommt Grüze auf seinem Teppich angeflogen.

„Hallo zusammen, ihr seid so ernst. Worüber denkt ihr nach?", fragt Grüze.

„Wir glauben, dass Düsenjet besser ins Drachental passt", antwortet Drago.

„Stimmt, dort sind auch Flugdrachen. Wir könnten ihn dort bei einem Drachen abgeben?", überlegt Grüze.

„So machen wir es", stimmt Dragos Mutter zu. Die Drachenmutter hebt den kleinen Düsenjet zu Grüze auf den Flugteppich. Drago setzt sich daneben. Der Teppich hebt ab, immer höher, dann fliegt er über den Wald in Richtung Drachental.

Als sie dort über die weite Grasfläche fliegen, sehen sie unter sich viele große Drachen.

Am Rand der Fläche entdecken sie auf einem Felsen den Flugdrachen Eckbert. Grüze landet mit dem Teppich neben dem Flugdrachen.

„Nanu, was macht ihr denn hier?", wundert sich Eckbert. Dann sieht er den kleinen Düsenjet. „Woher habt ihr den kleinen Flugdrachen?", will er wissen.

Da erzählt Drago, dass sie ein Riesenei am Rand des Zauberwaldes gefunden hatten.

„Oh je", ruft Eckbert. „Das war das Drachenei von meiner Frau Bella. Sie hat es dort gelegt und nach Futter gesucht. Als sie zurückkam, war das Ei weg. Düsenjet ist unser Sohn."

Drago und Grüze schauen sich betroffen an. Da fliegt Bella heran. Die Drachenmutter senkt ihre großen Flügel und landet. „Ist das etwa das Junge aus meinem Ei?", fragt sie.

Drago ist zerknirscht: „Tut uns echt leid, Bella, dass wir dein Ei mitgenommen haben. Es lag da so allein rum." Bella schaut liebevoll auf Düsenjet. Das Drachenkind ruft:

„Gruh, Gruuuh." Dann hüpft es zu Bella und krabbelt unter ihre Flügel. Jetzt ist alles wieder gut.

„Wir danken euch, dass ihr unser Drachenkind hergebracht habt", sagt Eckbert.

„Wir werden bestimmt nie wieder so ein Riesenei mitnehmen", versprechen Grüze und Drago.

Dann verabschieden sie sich von den Drachen und fliegen zurück in den Zauberwald.

Kapitel 25: Lisa mit Tarnkappe

Jutta und Tim sitzen im Waldhaus beim Frühstück. Das Küchenfenster steht offen.
Die Sonne scheint herein und die Vögel zwitschern. Jutta beißt in ihr Brötchen.

„Heute ist Lisa noch gar nicht zum Frühstück gekommen", meint sie nachdenklich. Tim nickt und schaut auf den Tisch.

„Komisch, schau dir einmal die Käseplatte an", flüstert er.

„Wieso? Was ist damit?", will Jutta wissen.
Dann betrachtet sie die Glasplatte mit dem Käse. Nanu, was ist denn das? Der Käse wird immer kleiner und ist schwupps, weg.

„Es sieht so aus, als ob jemand den Käse futtert, obwohl niemand da ist", wundert sich Jutta. Da hupt das Auto vor dem Haus, die Mutter wartet. Sie will Jutta und Tim zur Schule fahren. Die Kinder packen ihre Schulranzen und laufen aus dem Haus.

Auf einmal sitzt die Maus Lisa auf dem Tisch. Sie hat ihre Tarnkappe abgezogen, jetzt ist sie sichtbar. Lisa lacht. Was für ein Spaß. Jetzt, wo alle fort sind, kann sie in Ruhe auch noch vom Speck essen. Dann setzt sie die Tarnkappe wieder auf. Nun ist die Maus unsichtbar.

Sie hüpft aus dem Fenster und flitzt in den Wald. Heute hat sie Lust, ihre Freunde ein bisschen zu necken.

Lisa läuft über den Waldboden. Die Maus kommt zu Dragos Höhle. Der kleine Drache ist im Wachstum. Er hat immer Hunger. Gerade steht er beim Riesenklee und futtert. „Lecker", denkt Drago und schmatzt.

Auf einmal biegen sich die Kleestengel zur Seite und rufen: „Bitte, friss mich nicht." Der kleine Drache erstarrt.

„Mein Klee kann sprechen?", ruft er verwundert. Die unsichtbare Maus antwortet:

„Ja, ich hier, der Stengel in der Mitte." Drago blickt auf die große Menge Klee. „Wenn du mich nicht frisst, hast du einen Wunsch frei."

„Aaah, supi", denkt Drago. Dann hat er eine Idee. „Ich brauche neuen Sand vor der Höhle. Da kann ich mich drin wälzen, wenn mein schuppiger Körper juckt."

„Waaas? So ein Mist." Lisa zieht die Tarnkappe ab und ist sichtbar. „Ich dachte, du wünschst dir etwas Kleineres. Wie soll ich den ganzen Sand holen?"

Drago lacht. „Tja, das ist dein Problem."
Lisa überlegt: „Also gut, aber gib mir etwas Zeit."
Sie setzt die Tarnkappe wieder auf. Dann flitzt sie los. Sie will eine Wunschnuss suchen, um

Dragos Wunsch zu erfüllen. Sie läuft hin und her, sucht überall.

Aber jetzt im Frühjahr gibt es noch keine Nüsse. Lisa kommt zur Elfenwiese, am Rand steht Friedas Hexenhäuschen. Das Fenster ist offen, Lisa klettert nach drinnen. Frieda sitzt auf einem Holzhocker.

„Oooh, weh. Ich fühle mich so schlapp. Bestimmt habe ich eine Erkältung", jammert die kleine Hexe. Sie hustet und schnauft ganz oft. Dann spricht die kleine Hexe eine Zauberformel:

„Zipp, zapp, Husten, Schnupfen geht vorbei. Ich bin von der Erkältung frei."

Der Spruch hilft leider nicht. „Was ist da zu tun?", überlegt Lisa.

Zuerst holt die Maus Friedas Filzpantoffel.

„Oh, da stehen ja meine Pantoffel", brummt Frieda und schlüpft hinein.

Auf einmal fliegt ihr Schal quer durch den Raum und landet auf ihrem Schoß. „Auch gut", denkt Frieda. Sie wickelt sich den Schal um und hustet wieder.

Die Maus klettert durchs Fenster nach draußen und holt Kräuter. Dann kommt sie zurück und legt die Kräuter auf den Tisch.

Frieda bekommt große Augen. „Wo kommen die denn her?", wundert sie sich.

„An der Kamille kannst du schnuppern. Aber den Salbei musst du kauen, um gesund zu werden", ruft eine Stimme. Frieda blickt sich um, aber es ist niemand zu sehen.

„Potz, Blitz und Rübenkraut, wer hat sich in mein Haus getraut?", ruft Frieda.

„Leckerer Salbei, liegt vor dir", antwortet Lisa. Frieda verzieht das Gesicht. Igitt, Salbei mag sie nicht. Aber dann kaut sie die Kräuter.

Die Maus zieht die Tarnkappe ab und ruft: „Tarra, ich bin da. Ha, jetzt geht`s dir bald besser."

Frieda lacht: „Ach, du mit deiner Tarnkappe. Es geht mir wirklich schon viel besser."

„Na dann ist es ja gut", meint Lisa. Dann hüpft sie vom Fensterbrett nach draußen und macht sich davon. Die Maus flitzt weiter und denkt: „Die Idee mit der Tarnkappe ist ganz schön anstrengend." Auf einmal bekommt Lisa Hunger. Sie hat ganz große Lust auf frische Knusperwatte. Aber die gibt es nur im Gespensterschloss. Grüze kocht jeden Tag welche.

Lisa läuft zum Schloss. Das alte Gemäuer ist halb verfallen. Zum Glück ist die Zugbrücke unten. Die Maus kann über den Wassergraben ins Schloss. Ungesehen schlüpft Lisa durch eine Ritze im Haupttor. Dann ist sie im Rittersaal.

Das kleine Gespenst sitzt am Tisch. Auf seiner Schulter hockt Henry, die Fledermaus. Grüze murmelt: „Puuh, bin ich müde. Ich mache gleich ein Mittagsschläfchen." Auf dem Tisch steht eine Schale mit frischer Knusperwatte. Hm, wie das duftet.

Das kleine Gespenst greift sich das Essen und stopft es in seinen Mund. Grüze kaut mit vollen Wangen Er kann die Maus mit der Tarnkappe nicht entdecken.

Lisa krabbelt in eine Ritterrüstung, die an der Tür steht. Dann stößt sie einen lauten Pfeifton aus. Grüze springt vom Tisch hoch und schwebt zur Rüstung. Er öffnet das Visier am Helm. Nichts ist zu sehen. Da macht es von drinnen: „Haptzi, Tschi."

„Komisch, da ist doch keiner drin", denkt Grüze. Er schaut auf den staubigen Fußboden. Neben der Rüstung sind Abdrücke von kleinen Tierfüßen. Die führen Grüze genau vor das Wandregal. Das kleine Gespenst steht davor und betrachtet die Messingbecher. Auf einmal fallen die Becher wie von Geisterhand aus dem Regal. Sie landen krachend auf dem Boden. Das Gespenst ist sprachlos.

Grüze stellt alles wieder ins Regal. Dann schwebt er zum Tisch zurück und setzt sich.

Auf einmal schmatzt jemand mitten auf dem Tisch und ein Teil vom Essen fehlt.

„Nanu, da futtert doch jemand und ich sehe nix", denkt Grüze. Da hört er plötzlich starkes Niesen.

Es macht: „Hatschi, Haptzi, Tschi." Lisa hat leider eine Stauballergie. Im Gespensterschloss gibt es überall eine Staubschicht, denn Gespenster putzen nicht.

Grüze wundert sich und starrt auf den Haufen Knusperwatte. „Lisa? Bist du da drin?", fragt er argwöhnisch.

Da zieht die Maus die Tarnkappe ab. Nun sitzt sie sichtbar auf dem Tisch.

Das kleine Gespenst muss so lachen, dass sein Bauch wackelt. Lisa erzählt:

„Ich wollte heute nur ein bisschen Spaß mit meiner Tarnkappe haben. Aber ehrlich, das ist ganz schön anstrengend. Ich bin schon durch den halben Wald gelaufen."

Grüze betrachtet seine kleine Freundin. „Weißt du was? Ich fliege dich nach Hause", schlägt das kleine Gespenst vor.

„Danke, das ist prima", freut sich Lisa. Die Maus klettert auf Grüzes Rücken und hält sich fest. Das kleine Gespenst schwebt zu einem der Fenster und fliegt hinaus.

Der Flug geht über das Schloss und den Wald. Am größten Baum im Wald machen sie einen

Halt. Ganz oben im Baum wohnt Xantor. Die alte Eule schaut mit dem Kopf aus der Baumhöhlung.

„Hallo Xantor", rufen Grüze und Lisa. Sie setzen sich auf einen Ast und machen Pause. Lisa erzählt der Eule von ihren Erlebnissen.

Xantor denkt nach und meint: „Frag doch das Eichhorn, ob es Wunschnüsse vom letzten Jahr hat."

„Das ist eine gute Idee", sagt Lisa dankbar. Sie klettert den Baum ein Stück hinunter. In der Mitte hat das Eichhorn seine Wohnhöhle. Ein roter Puschelkopf mit zwei dunklen Augen erscheint an der Öffnung.

„Hallo Lisa, kann ich dir helfen?", fragt das Eichhorn.

„Hast du vielleicht eine Wunschnuss übrig? Schau doch einmal nach", bittet die Maus.

Das Eichhorn hat einen kleinen Vorrat Nüsse in seiner Höhle. Es sucht darin und tatsächlich, zwischen den normalen Nüssen findet es noch eine kleine Wunschnuss.

„Hier hast du eine, viel Glück damit", sagt das Eichhorn. Lisa bedankt sich.

Da kommt Grüze von oben angeschwebt und nimmt die Maus mit. Nun fliegen sie zu Dragos Höhle am Felsen.

Der kleine Drache liegt draußen neben seiner Mutter. Sie lassen sich die Mittagssonne auf den Bauch scheinen.

„Nanu, Grüze? Du bist mit Lisa unterwegs?", wundert sich der kleine Drache. Das Gespenst setzt sich neben Drago. Lisa klettert von seinem Rücken.
„Du hast ja noch einen Wunsch frei und hier habe ich eine Zaubernuss." Drago wartet gespannt. Lisa hält die Nuss in der Pfote und murmelt:
„Nüsslein klein, Nüsslein fein. Drago wünscht sich neuen Sand vor seiner Höhle."

Da kommt Wind auf, er wirbelt den alten Sand hoch und trägt ihn fort. Dann gibt es nochmals einen leichten Wirbelwind und neuer, frischer Sand wird vor Dragos Höhle gestreut. Drago und seine Drachenmutter freuen sich.

„Lisa, du bist supi", ruft Drago begeistert. Lisa seufzt: „Eigentlich wollte ich heute nur ein bisschen Spaß. Die Tarnkappe benutze ich nur noch in Ausnahmefällen." Die Freunde schauen sich an und lachen.

Kapitel 26: Thorso besetzt das Schloss

Grüze hat heute gute Laune. Das kleine Gespenst ist bei Jutta und Tim zu Besuch. Sie sitzen unterm Kirschbaum am Waldhaus. Die drei futtern so viele Kirschen, wie sie nur können.

„Ist das nicht aufregend, so allein im Schloss?", will Jutta wissen.

Grüze lacht: „Nö, ich habe das ganze Schloss für mich. Aber da ist es langweilig."

„Du hast doch den Flugteppich dabei. Lass uns zum Bach im Zauberwald fliegen und Fische angeln", schlägt Tim vor.

„Prima Idee", meint Grüze. Er holt seinen Teppich und rollt ihn aus. Die Kinder und das kleine Gespenst setzen sich auf den Teppich. Tim hat seine Angel dabei. Schon hebt der Teppich ab, immer höher. Dann fliegen sie über den Wald zum Bach.

Ungefähr zur gleichen Zeit beraten sich sieben Räuber. Sie wohnen in der Felsenschlucht neben dem Zauberwald. Die Räuber sitzen draußen im Sand vor ihren Hütten. Thorso, der Anführer, liegt in seiner Hängematte. Die hat er zwischen zwei Bäumen festgemacht.

„Thorso, wann planst du einen neuen

Raubzug?", fragt einer seiner Leute. „Ja, lass uns etwas unternehmen", rufen die anderen Räuber. Dann schauen sie grimmig auf ihren Anführer. Thorso fand es gerade noch so gemütlich. Jetzt hat er Stress. Auf die Schnelle fällt ihm nichts ein. Dann hat er eine Idee:

„Wir können uns ein bisschen im Zauberwald herumtreiben."

„Hm, ob das eine so gute Idee ist? Die Bewohner haben doch alle Zauberkräfte", meint ein Räuber nachdenklich.

„Papperlapapp", ruft Thorso. „Ich bin der Anführer. Also los Leute, wir machen uns auf den Weg."

Die sieben Räuber rappeln sich hoch. Sie klopfen sich den Sand von den Hosen.

Dann geht ihr Raubzug los. Sie wandern über Stock und Stein aus der Felsenschlucht hinaus und in den Zauberwald.

„Seid bloß vorsichtig und leise", flüstert Thorso. Sie schleichen alle hintereinander auf einem schmalen Pfad. Ein Räuber tritt auf trockene Äste, die am Boden liegen. Es knackt.

„Pass doch auf, du Tollpatsch", murmelt Thorso. Da endet der Pfad auf einer Lichtung. Mitten auf der kleinen Wiese steht ein altes, halb verfallenes Gemäuer mit zwei Türmen. Drum herum ist ein Wassergraben.

„Das sieht ja toll aus. Da gibt es bestimmt Schätze", ruft einer der Räuber. Sie schleichen näher.

Thorso lacht: „Wir haben Glück, die Zugbrücke ist unten. So kommen wir über den Wassergraben." Die Räuber eilen mit schnellen Schritten über die Brücke. Sie laufen über den Schlosshof.

Dann öffnet Thorso das Haupttor.
Er ruft: „Attacke, Leute voran." Mit Säbeln bewaffnet stürmen sie in den Rittersaal.

Drinnen bleiben sie stehen. Die Räuber schauen sich um. Sie sehen einen langen Tisch, Stühle und ein Wandregal mit Messingbechern. Am Eingang steht eine alte Ritterrüstung aufgebaut.

Thorso freut sich. „Es ist niemand da. Die sind ausgeflogen." Dann wendet er sich zu seinen

Leuten und bestimmt: „Wir nehmen das Schloss in Besitz. Jetzt wohnen wir hier."

„Ja, hurra", rufen die Räuber und schwingen die Säbel. Sie setzten sich an den Tisch.

„Was ist da in dem Krug? Bestimmt Bier, her damit", ruft Thorso. Dann nimmt er einen kräftigen Schluck und verzieht das Gesicht:

„Brrr, alter Hut und Räuberbein, das wird niemals Bier sein." Da hat er wohl den Krug mit Kräuterlimo erwischt. Das trinkt Grüze, das kleine Gespenst, gerne.

Langsam bekommen die Räuber Hunger. Einer ruft: „In einem Schloss muss es doch auch Bratwürstchen und Bratkartoffeln geben." Die Räuber fangen an zu suchen.

„Was ist da in dem Topf?", will Thorso wissen. Die Räuber heben den Deckel ab und schauen hinein.

„Knusperwatte?", ruft Thorso. Sie haben den Vorrat von Grüze gefunden. Die Räuber schauen sich grimmig an. Aber weil sie hungrig sind, greifen sie in den Topf und futtern.

Thorso schaut aus einem der Fenster in den Hof hinunter. Da sieht er, dass Drago, der kleine Drache, in den Schlosshof gestapft kommt. „Los Leute, den nehmen wir gefangen", ruft Thorso.

Eigentlich wollte Drago heute zu Grüze, dem kleinen Gespenst. Als er aber im Schlosshof ankommt, stehen sieben Räuber um ihn herum. Der kleine Drache mag keine Räuber. Er grölt so laut er kann:

„Groah, Groaaah". Sein Ruf ist über den ganzen Zauberwald zu hören.

Die Räuber fuchteln mit den Säbeln. Thorso bestimmt: „Du bist unser Gefangener und kannst für uns arbeiten. Leute, zieht die Zugbrücke hoch." Die Brücke geht hoch. Jetzt ist Drago leider gefangen.

Aber das Grölen hat seine Drachenmutter gehört. Sie liegt vor der Höhle. „Nanu, Drago grölt. Da kann etwas nicht stimmen", denkt die Drachenmutter.

Sie rappelt sich hoch. Das Grölen kam aus der Richtung des Gespensterschlosses und da stampft sie jetzt auch hin. Als sie vor dem Schloss ankommt, ist die Zugbrücke oben. Sie kann nicht hinein.

Die Räuber und Drago schauen von oben über die Mauer. Thorso, der Anführer, ruft:

„Wir haben das Schloss besetzt. Der kleine dicke Drache ist unser Gefangener."

Die große Drachenmutter grölt vor Wut:

„Groah, Groaaah." Aber sie kann nichts

machen. Ihr lautes, wütendes Grölen kann wirklich jeder im Zauberwald hören. Alle horchen auf. Was ist da wohl passiert?

Grüze kommt mit Jutta und Tim auf dem Flugteppich angeflogen. Unterwegs haben sie noch Rudi, den Wichtel, mitgenommen.
Frieda, die kleine Hexe, düst auf ihrem Besen heran. Hinter ihr sitzt Lisa, die Maus.
Xantor, die Eule, kreist über dem Schloss und flattert auf einen der Türme.
Zum Schluss kommt auch ein Schwarm kleiner Elfen angeflogen. Sie sind ganz außer Atem.

Die Drachenmutter stapft mit den Füßen auf und grölt wieder: „Groah, Groaaah." Der Boden zittert und alle halten sich die Ohren zu.
„Was ist passiert? Wieso ist die Zugbrücke oben?", fragt Grüze. Das kleine Gespenst klettert vom Flugteppich.

„Die Räuber sitzen im Schloss und haben Drago gefangen", schnaubt der große Drache vor Wut. Da kommt Xantor angeflattert und berichtet: „Von oben habe ich gesehen, es sind sieben Räuber."
„Wir starten einen Angriff, das ist mein Zuhause", ruft Grüze böse.

Tim bleibt besonnen. „Wir machen uns jetzt erst einmal einen Plan. Dann warten wir, bis es dunkel ist und greifen an", bestimmt Tim.

Das kleine Gespenst ist so verärgert, es könnte platzen vor Wut.

Während die Freunde vor dem Schloss den Angriff planen, erkunden die Räuber ihre neue Behausung.

„Hier muss es doch irgendwo Schätze geben", ruft Thorso grimmig. „Los, Leute, wir suchen im Keller danach."

Die Räuber nehmen sich Kerzen vom Tisch und zünden sie an. Dann steigen sie die Treppe hinunter in den Gewölbekeller.

Jetzt ist Drago allein im Rittersaal. Da ruft eine Stimme leise: „Drago, komm her. Hier bin ich." Der kleine Drache stapft zu einem der Fenster und schaut hinaus.

Draußen hält sich Grüze auf seinem Flugteppich dicht am Fenster. Das kleine Gespenst erzählt Drago den Angriffsplan der Freunde. Dann reicht es Drago eine Kiste mit Flaschen durchs Fenster. Grüze erklärt:

„In die Kräuterlimo hat die kleine Hexe Frieda Zaubersalz getan. Gib sie heute Abend den Räubern."

Drago nickt mit dem Kopf und sagt leise: „Geht in Ordnung." Grüze winkt dem Freund zu und fliegt unauffällig davon.

Drago wartet lange, bis die Räuber zurückkommen. Die Flaschen mit der Kräuterlimo hat er auf den Tisch gestellt.
Da erscheint Thorso mit seinen Männern.
„So ein Humbug. Alter Hut und Räuberbein, kein Schatz scheint in diesem Schloss zu sein", ruft Thorso böse.

Seine Leute werfen sich mürrisch auf die Stühle am Tisch. Die Räuber haben tatsächlich keinen Schatz gefunden. Zum Glück waren sie im Keller unter dem Nordturm. Dort gibt es nur eine große Vorratskammer mit Rüben. Grüze nimmt immer welche heraus und macht davon die Knusperwatte.
Die Truhen mit den Goldmünzen und dem Schmuck stehen nämlich im Kellergewölbe unter dem Südturm. Aber das wissen die Räuber nicht.
Drago sagt bedauernd: „Es tut mir wirklich leid, dass ihr keine Schätze gefunden habt."
Die Räuber bekommen Durst und greifen nach den Flaschen. Schnapp, die Verschlüsse fliegen in die Ecke. „Das ist ja nur Limo, brrr", ruft einer. Aber dann trinken sie die Flaschen mit einem Zug aus.

Sie fangen an, ein altes Lied zu singen: „Lustig ist das Räuberleben..." Dazu tanzen sie im Kreis. Später werden die Räuber müde. Sie legen sich auf den Fußboden und schlafen ein.

Drago bekommt Hunger. In einer Truhe findet er Hafer und Rosinen. Der kleine Drache beginnt zu futtern. Hm, das schmeckt lecker. Er futtert und futtert. Sein Bauch ist schon kugelrund. Drago mampft immer weiter.

„Ich kann nicht mehr", ruft er und rülpst. Da bekommt Drago Blähungen. Der kleine Drache muss dauernd pupsen. So viele Drachenfürze, dass der ganze Saal stinkig und nebelig wird.

Davon wachen sogar die Räuber auf. „Uh, baah, igitt, stinkt das hier. Das ist echt ekelig", rufen sie. Alle sieben Räuber stolpern aus dem Raum, um frische Luft zu schnappen.

Inzwischen sind Grüze und die Freunde mit dem Flugteppich auf dem Schlossturm gelandet. Leise schleichen sie die Treppe hinunter. Da hören sie unten die Räuber.

Jutta und Frieda schnappen sich rostige Ketten aus den Wandnischen. Sie fangen an,

damit zu rasseln. Die beiden rufen:
„Huuu, buuu, uaaah."

Die Räuber bleiben erschrocken stehen.
„Hört ihr das?", fragt einer. „Ach was, los
weiter", ruft Thorso. Doch da hat sich Grüze
in einen großen, weißen Ball verwandelt.
Das kleine Gespenst saust die Treppe
hinunter auf die Räuber zu. Dann bremst Grüze
und verwandelt sich in eine weiße Schlange.

„Aaah, was ist das? Los, weg von hier",
rufen die Räuber entsetzt. Sie flüchten einen
Gang entlang. Aber da kommt Xantor, die Eule,
hinter ihnen her geflogen und schnappt mit dem
Schnabel nach dem Hinterteil eines Räubers.
Ein anderer Räuber trägt kaputte Stiefel. Die
Maus Lisa beißt vorne in das Loch und erwischt
seinen dicken Zeh.
„Au, oh weh", jammert er. Die Räuber stolpern
zurück in den Saal. Sie wissen nicht, dass der
Wichtel Rudi eine Ritterrüstung angezogen hat.
Steifbeinig und quietschend kommt er langsam
auf die Räuber zu.
„Oooh, los Leute, nichts wie raus hier. Das ist
kein Ort für uns", ruft Thorso, der Anführer. Die
Räuber stolpern nach draußen in den
Schlosshof.

Tim hat inzwischen die Zugbrücke hinuntergelassen. Die große Drachenmutter kommt grimmig in den Schlosshof gestampft.

„Groah, Groaaah", ruft sie. Den Räubern schlottern die Knie. Ängstlich stehen sie an die Mauer gedrängt.

Darauf hat der Schwarm kleiner Elfen nur gewartet. Die vielen Elfen schweben mit ihren Flügeln oben in der Luft. Sie halten ein großes Netz fest. Das lassen sie auf die Räuber fallen und die sind gefangen.
Thorso tobt vor Wut: „Nicht schon wieder. Wir sind in einem Netz gefangen."
Die Drachenmutter rollt mit den Augen und starrt sie böse an. Die sieben Räuber sind auf einmal ganz brav.
„Ab mit euch, nach Hause", grölt der Drache. Er packt die Räuber im Netz und stampft mit ihnen über die Zugbrücke davon.
Am Rand der Felsenschlucht macht Dragos Mutter Halt. Mit aller Kraft wirft sie die Räuber im Netz weit über den sandigen Boden.

„Au, oh weh", hört man sie rufen, als sie auf dem Boden aufprallen. Sie krabbeln aus dem Netz und humpeln jammernd davon. „Das geschieht ihnen recht", brummt der Drache.

Nachdem die Räuber weg sind, jubeln alle.
„Groah, Groaaah, wir haben sie besiegt", grölt
Drago. Grüze, das kleine Gespenst, ruft:
„Hurra, ich habe mein Zuhause wieder."

Jetzt feiern die Freunde ein Fest im Rittersaal.
Der Wichtel Rudi macht Musik auf einer Harfe,
und die Eule Xantor singt dazu alte Lieder.
Die Elfen fliegen tanzend um die
Kerzenleuchter.
Lisa, die Maus, liest Gedichte vor. Tim, Jutta
und Drago zünden Wunderkerzen im Schlosshof
an. Die leuchten und sprühen Funken im
Dunkeln.
Die kleine Hexe Frieda bäckt Pizza und
Pfefferkuchen. Hm, wie das duftet. Die Freunde
feiern die ganze Nacht, bis in den Morgen.

Kapitel 27: Der Riese Girbel

Am Rand des Zauberwaldes haust der Riese Girbel. Er lebt in einer Felsenhöhle. Girbel ist schon sehr alt. Er hat lange weiße Haare und ein runzeliges Gesicht. Auf dem Kopf trägt er einen Schlapphut.

Niemand weiß, wie alt er ist. Der Riese selbst hat es auch vergessen. Die Jahre kommen und gehen. Er sitzt oft vor seiner Höhle in der Sonne. Meistens hat er schlechte Laune und ist grimmig. Weil seine Stimme so laut und dröhnend ist, kommen nur selten Besucher.

Gerade heute hat Girbel besonders schlechte Laune. „Immer muss ich kochen, putzen, waschen", brummt er. „Dazu habe ich gar keine Lust. Warum habe ich eigentlich keine Haushälterin?", überlegt der Riese.

Aber wo soll die herkommen? Da fliegt zufällig die kleine Hexe Frieda auf ihrem Besen über den Wald. Der Riese ist sehr groß und kann daher weit in die Ferne blicken.

„Aha, dahinten sehe ich schon eine Putzfrau", ruft er. Mit großen Schritten geht er durch den Zauberwald. Frieda muss ihren Besen scharf abbremsen, weil plötzlich der Riese vor ihr steht.

„Da ist ja meine neue Haushälterin", ruft der

Riese erfreut. Er streckt seine Hand aus und packt Frieda vorsichtig mit Daumen und Zeigefinger. „Die ist zwar etwas alt und runzelig, aber besser als gar keine", brummt Girbel.

„He, was soll das? Lass mich sofort los", ruft die kleine Hexe wütend. Aber Girbel hört überhaupt nicht zu. Er pfeift ein Lied und schreitet mit der zappelnden Frieda nach Hause.

Einige Zeit später fliegt Xantor über den Wald. Die Eule hat gute Augen. „Nanu, was ist das?", murmelt Xantor. Er landet neben dem Flugbesen von Frieda. Aber die kleine Hexe ist nicht zu sehen.
Dafür sieht er im weichen Waldboden die Abdrücke von riesigen Schuhen.

„Oh je, was ist da passiert?" Xantor stößt einige schrille Eulenrufe aus.

Da kommen Tim und Drago angerannt. Sie waren am Bach und haben Fische geangelt.

Auch die Elfen kommen von der Wiese angeflogen. Alle starren auf den Besen und die Spuren im Waldboden.
Xantor sagt grimmig: „Das sind die Schuhabdrücke von Girbel. Der Riese hat die größten Füße im Wald." Tim nickt: „Und hier liegt Friedas Besen. Es sieht so aus, als ob er sie mitgenommen hat."

Drago, der kleine Drache, grölt: „Groah, Groaaah. Ich will einen Boxkampf mit dem Riesen."

Xantor denkt nach. „Der Weg ist weit bis zu seiner Felsenhöhle. Ich fliege los und hole Grüze mit dem Flugteppich. Ihr wartet hier."

Die Freunde sind damit einverstanden.

Sie warten eine lange Zeit. Dann kommt Grüze, das kleine Gespenst, angeflogen. Auf dem Flugteppich hat es auch Jutta, Rudi und Lisa mitgebracht. Xantor fliegt neben ihnen.

„Setzt euch alle auf den Teppich. Wir fliegen zur Felsenhöhle", ruft Grüze aufgeregt.

Jetzt wird es auf dem Teppich sehr eng, so viele Waldbewohner sitzen darauf. Grüze hebt ganz vorsichtig ab, immer höher. Dann fliegen sie langsam über die Baumwipfel zu Girbels Behausung.

Als sie dort ankommen, sitzt Girbel vor der Höhle. Grüze steuert den Teppich seitlich an den Felsen, damit der Riese sie nicht sieht.

Girbel schimpft: „Das dauert aber lange. Arbeitest du immer so langsam?" Er meint damit Frieda. Die kleine Hexe könnte platzen vor Wut. Sie steht an einem großen Waschzuber. Das ist ein hölzerner Kübel. Auf einer Waschreibe rubbelt Frieda ein riesiges Hemd. Der Seifenschaum fliegt ihr um die Ohren.

„Ich bin so wütend", denkt Frieda, „aber ich habe kein Zaubersalz dabei. Das brauche ich, damit meine Zaubersprüche wirken."

Der Riese beobachtet die kleine Hexe. Er meckert: „Beeile dich mal. Ich habe noch mehr schmutzige Hemden."

Da sieht er aus den Augenwinkeln den Flugteppich mit den Freunden.

„Nanu, da sind ja noch mehr von denen", ruft der Riese. Dann nimmt er seinen großen Schlapphut vom Kopf. Er legt ihn über die Freunde auf dem Flugteppich. Sie sind unter dem Hut gefangen.

„Hab ich euch, ihr kleinen Racker", freut sich der Riese.

„Es ist ganz schön dunkel hier unter dem Hut", meint Drago kleinlaut. „Jetzt sind wir selbst gefangen", ärgert sich Grüze.

Die Flügel der kleinen Elfen leuchten im Dunkeln. „Wenigstens können wir etwas sehen", tröstet Jutta die anderen.

„Was hat der Riese wohl vor?", überlegt Tim.
Sie brauchen gar nicht lange zu warten. Der Riese dreht blitzschnell den Hut und zieht ihnen den Flugteppich weg. Dann wirft er sie vorsichtig in seinen Hut.

„Ha, euch behalte ich jetzt. Ihr könnt bei der Hausarbeit helfen."

Da krabbelt Drago am Rand des Hutes hoch und ruft: „Na, was wäre das denn?"

Der Riese lacht: „Ha, ha, kleiner Witzbold. Ihr könnt für mich kochen, waschen und putzen." Girbel denkt nach: „Hm, mal sehen, wie verteile ich euch?"

Dann nimmt er Drago zwischen Daumen und Zeigefinger. Vorsichtig setzt er den kleinen Drachen neben Frieda an den Waschzuber.

„So, du hilfst der alten Frau meine Hemden mit Seife zu waschen."

„Waaas? Ich protestiere. Ich bin doch keine Waschfrau", ruft Drago empört.

„Ich bestimme das", ruft Girbel mit Donnerstimme.

Drago hält sich die Ohren zu. „Ist ja schon gut", murmelt er und fängt an, die Hemden mit Seife zu rubbeln.

Girbel kratzt sich am Kopf und meint:

„Hm, ihr beiden hackt einen großen Holzvorrat für mein Lagerfeuer." Der Riese schnappt sich Tim und den Wichtel Rudi. Er setzt sie neben einem Haufen Holzbretter ab.

Dann wendet er sich zu Jutta. „Du schälst einen großen Haufen Kartoffeln. Daraus brätst du mir Reibekuchen, lecker."

„Oh je", seufzt Jutta. Sie nimmt ein Schälmesser und fängt an, die Kartoffeln zu schälen.

Der Riese schaut auf Grüze und Lisa. Er setzt die beiden in seine Wohnhöhle und kommandiert: „Ihr beiden räumt da drinnen auf, alles soll tip top sein."

Das kleine Gespenst fliegt grimmig hin und her. Es hebt Becher und Krüge vom Boden auf. Dann schüttet Grüze frisches Stroh auf das

Schlaflager von Girbel. Lisa, die Maus, flitzt mit einem Putzlappen durch die Höhle, bis alles sauber ist.

Jetzt ist noch Xantor übrig. Die Eule muss im Gemüsegarten des Riesen das Unkraut ausrupfen. Das macht Xantor mit seinem Schnabel. Die vielen Elfen helfen ihm dabei.

Der Riese legt sich vor seine Höhle in die Mittagssonne. Er schaut auf die Freunde. Sie arbeiten und werkeln wild. „Herrlich, so viele kleine Wichtel, die für mich putzen. Das Leben kann gemütlich sein", brummt Girbel.

Bis zum Abend ist alles sauber und blitzeblank. Die Freunde sind sehr müde.
Sie haben den ganzen Tag gearbeitet. Nun ist es Zeit für das Abendessen.

Jutta brutzelt in einer Pfanne ganz viele Reibekuchen für den Riesen. Frieda hilft ihr. Sie bäckt zusätzlich Pfefferkuchen und Hexenpizza. Der Wichtel Rudi bereitet ein großes Fass voll mit Kräuterlimo zu. Der Riese ist zufrieden. Girbel brummt: „So, weil ihr alle so brav seid, dürft ihr mit mir zusammen essen."

Die Freunde sind echt wütend auf den Riesen. Aber sie haben von der Arbeit Hunger bekommen. Alle sitzen zusammen um das Lagerfeuer. Hm, das Essen ist wirklich lecker.

Tim hat eine Mundharmonika dabei und macht Musik. Die Übrigen singen dazu Lieder.

Girbel hat auf einmal gute Laune. Zum ersten Mal lächelt er. Später sind alle müde. Sie legen sich vor die Höhle und schlafen ein.

Der Riese ist noch wach.

Da fliegt die kleine Elfe Holly auf seine Schulter. Sie schaut den Riesen an und sagt: „Ich glaube, du bist gar nicht so böse." Girbel verzieht das Gesicht und brummt: „Woher willst du das wissen?"

Holly erzählt: „Ich war einmal in einer ähnlichen Situation wie du. Ich wohne auf der Elfenwiese.

Vor einiger Zeit gab es einen Sturm. Der Wind hat eine Wohnblume abgerissen. Die Blume wurde mit drei meiner Geschwister fortgeweht. Niemand wusste, wo sie waren.

Ich war damals traurig und grimmig. Dann, eines Tages, waren meine Geschwister wieder da. Seit dieser Zeit bin ich wieder sehr glücklich."

Der Riese hört der kleinen Elfe zu, aber er sagt nichts. Girbel schließt seine Augen, dann schläft er ein.

Die Freunde wachen am nächsten Morgen auf. Da ist das Frühstück bereits gemacht. Es duftet nach frischem Brot, dazu gibt es Honig und Tee.

Girbel lächelt. Dann sagt er: „Ich möchte mich bei euch entschuldigen. Den Flugteppich gebe ich euch zurück, dann könnt ihr nach Hause. Es war nicht richtig, euch hierher zu bringen. Ich bin immer so grimmig, weil ich mich einsam fühle und allein bin. Aber das wird jetzt anders."

Da fliegt die kleine Elfe Holly wieder auf seine Schulter und sagt: „Ganz bestimmt, besonders weil ich dich immer besuchen komme."

Die anderen nicken: „Ja, Girbel, wir nehmen deine Entschuldigung an. Wir kommen auch öfter vorbei und schauen, wie es dir geht", rufen sie von allen Seiten.

Girbel freut sich sehr, weil er viele neue Freunde gefunden hat. Er nimmt sich vor, von nun an bessere Laune zu haben und freundlicher zu sein.